日本SF・幼年期の終り

—『世界SF全集』月報より—

早川書房編集部編

早川書房

日本ＳＦ・幼年期の終り

――『世界ＳＦ全集』月報より――

装幀：WONDER WORKZ。

目次

Part 3 Essays on Science Fiction

Part 4 Essays on World Science Fiction

はじめに

森　優

「自らをＳＦ人として確立すること、ＳＦ人としての自覚を通じて世界を、現代を、自らの人生を理解しようとつとめる――」
「ぼくたちＳＦ人は、そうした〈絶対的な平和〉というものを希求する心をなくしてはならない――」
「ぼくたちＳＦ人のやることは、まだまだはてしなくあるのだなと感じ――」
「われわれＳＦ人としては、こうした動きが明確な21世紀像を築き上げるための指針となることを信じ、また願って――」
一九六七年末から一年ほどの間に〈ＳＦマガジン〉の巻頭を毎号飾った恒例の〝編集長

前説〟で、当時のSFマガジン編集長・福島正実さんは何度も右のように格調高く、〝SF人〟はいかにあるべきかを説いた。福島さんは本来ならこの〈はじめに〉を書くはずの立場だった初代で（私にとっては）先代の編集長である。

この時期は〝世界初の画期的企画〟と銘打たれた『世界SF全集——21世紀の文学』の立案者である福島さんが、われわれ関係者以外には極秘の大型企画として、水面下で実現に向けて着々と手を打っていたまさにその期間にあたる。後知恵もいいところだが、今にして思えば、これは決して偶然ではなさそうだ。

福島さんは私のSFマニアぶりを見込んで助手に採用してくれた恩人というだけでなく、厳父であり慈父（七歳上だから厳兄とか慈兄というべきか）的存在でもあったが、ここは遠慮なく言わせてもらえば、私自身は後年二代目を継いだ直後、同じく巻頭の前説で一度だけは使ってみたものの、あとは胸を張って〝SF人〟と称せるほどの自信はついに持てなかった。福島さんにしても、激しい気性とはうらはらにシャイな人だったから、さすがに会話では、こんな面映《おもは》ゆい言葉など口にしたことはなかったと思う。しかし、戦後日本のSFプロダムを背負って立つパイオニアとしての自信と誇りに加え、次はいよいよ前人未到の画期的企画に挑戦しようという決意と気負いとが、あの期間、無意識のうちにあのような言い方を選ばせたと見るのは穿《うが》ちすぎだろうか。

そんな全集企画の腹案を、いちばん身近な関係者として私が最初に打ち明けられたのは、たしか一九六七年の春か初夏の頃、福島さんのお宅に伺ってちょっぴりお酒が入った席でのことだったと思う。とにかく、本邦初どころか世界にも類例のないとんでもない着想に、酔いもいっぺんに吹っ飛んだのを憶えている。当時の私は野田宏一郎さんや伊藤典夫さんと張り合うコレクター兼研究家で、海外のSF事情にもそれなりに詳しいつもりだった。国の内外を問わず全世界の名作傑作を古典から現代まで網羅するSF全集、それも函《はこ》入りのハードカバー版などというのは、本場の英米や旧ソ連にもまだない（現在もだが）ことぐらい当然知っていた。

それ以上に驚いたのが、定石的に例えばウエルズやクラークやハインラインではなく、ハックスリイとオーウェルを目玉として第一回配本に持ってくる、という意表をついた発想の販売戦略だった。「SFも文学たり得ることを既成ファン以外にも知ってもらう機会にしたい」というのが、福島さんの基本的な考え方だったのだ。

早川書房にとっても、社始まって以来の最大スケールの企画であり、不安材料を挙げればキリがなかったが、幸いすでに『黒人文学全集』や『異色作家短篇集』などの刊行で、社の制作部は全集造本のノウハウをしっかり持っていた。むろん社長(先代早川清)も営業部も出版の意義をよく理解して全面的なバックアップをしてくれた。

肝心の全集の構成内容も、かねてからの社外ブレーンである石川喬司さんと野田・伊藤ご両人にアドヴァイザーをお願いして、五人で何度もミーティングを重ね、多少は紆余曲折しながらも、福島さんの示した基本骨格に具体的な細部の肉付けを施していった。

おかげで一九六八年十月、ついにハックスリイとオーウェルの巻を皮切りに配本をスタートした時には、一部の短篇アンソロジーを除いて全三十五巻の内容がほぼ九分どおり決まり、配本順と巻数順はまったく別だが、全巻が揃えばおおむね書かれた年代順に並ぶように工夫された構成になっていた。ただ、足かけ四年に及ぶ長期刊行の間に、やむを得ぬ社外的・個人的事情により、書き下ろしを予定した日本人作家の巻が既発表作品の収録に代わり、別巻の「SF講座」が他の出版物を参照ということで取りやめになったのは、まさに画竜に点睛を欠くに等しく、今も私の心残りとなっている。

だが、ハックスリイ/オーウェル巻は予想を遥かに上回る売れ行きとなり、のちのち三万部近くまで版を重ねたと記憶する。全国紙、週刊誌、書評紙にもきわめて好意的に取り上げられ、「現代を飛翔する全集」「全集に食傷気味の読書界に新風を吹きこむ異色企画」「SF的思考の新鮮な衝撃をもつ内容」などとすこぶるつきの好評を博して、福島さんも私もまさに編集者冥利につきる思いだった。

もちろん、すべてが順風満帆《じゅんぷうまんぱん》だったわけではない。この全集に必要な諸作品の版権取得の交渉をしていた段階で、いきなり最初の大きなネックにぶつかってしまったのだ。全巻完結時に月報の末尾に記した私の編集後記から、そのまま引用すると――

「……文学SFの代表作品としてオーウェルの『一九八四年』を選んだところ、今だからいえるのだが、〔遺族の〕オーウェル夫人から、〝SFの全集に入れられるのは心外〟という抗議がきた。現代文学としてのSFについて、汗だくの説明につとめ、やっと納得してもらったが、こうした偏見を打破することも、この全集を出す意義と目的のひとつであったのだ……」

説明不足を補えば、実務的な仕事はほとんど私に任されていたので、汗だくというのはちょっと大げさだが、福島さんから受け売りの〝SF文学論〟を版権代理店の担当者経由で取り次いでもらい、なんとかオーウェル未亡人の説得に成功したというわけだ。

この巻については、もうひとつ忘れられないエピソードがある。刊行後しばらくして日本図書館協会から、出版社にとっては一定の部数が保証されたも同然の「選定図書に選びました」というありがたい通知がきた。ただその文面の最後に、あらましこう付け加えられていたのだ——「選定図書に選ばれたのはこの巻だけで、『世界SF全集』全体ではありませんので、念のため申し添えておきます」

しかし、私にとっての最大の難関は、まったく予想もしなかった形でだしぬけに現われた——一九六九年五月末日付をもって、福島さんが諸般の事情から現職を退かれることになり、早川書房のSF出版に関する全責任が、浅学非才のこの私の双肩にいきなり負わされたのだ。SF全集はまだようやく八巻目の配本を終えたばかりだった。毎月刊行を守れたとしても、残り二十七巻を出し切るにはあと二年と三ヵ月かかる計算だ。

それでも私は、九年間かけて一人前の編集者に育ててくれた福島さんの恩に報いるためにも、この全集だけは完結させなければならなかった。今から振り返ると、私が生来、能天気な楽天家だったこともいい方向に働いたようだ。

それより何より、三人のアドヴァイザーたちも社外に出た福島さんも、アンソロジーの収録作品から月報執筆者の選定まで含め、以前と変わりなく終始一貫、私を助けてくれた。私の手足となって働いてくれる部下たちもいつしか六人に増え、校正部のベテランたちも私のわがままな要求をよく聞き入れて協力してくれた。

そうしたすべての関係者のおかげで、以後も『世界SF全集——21世紀の文学』は毎月ただの一巻も配本遅れになることなくスケジュールどおりに刊行され、ついに一九七一年八月、ガーンズバックとティンの巻の最終配本をもって全三十五巻の刊行を達成したのである。

福島さんは、不肖の一番弟子がとったSF大衆化路線には点が辛かったが、全集がなんとか滞りなく全巻完結にまで漕ぎつけたことだけは率直に喜んでくれた。

福島さんが急逝されたのは、それから五年後のことだ。享年四十七歳、あまりにも早すぎる死だった。

かつて筒井康隆さんが予言したように、良くも悪くもSFが〝浸透拡散〟した今、そして〝ワールドコン〟が日本で初めて開催される今年までもしも元気でおられたら、〝SF人〟福島さんは何とおっしゃるだろうか。

part ❶

Essays by Japanese Authors

Essays by Japanese Authors

星 新一
筒井康隆
眉村 卓
光瀬 龍
平井和正
半村 良
矢野 徹
石川喬司

本能と理性

星　新一

小学生のころ、私は教室での授業中に、よく勝手な発言をした。ウサギとカメの物語の途中で、とつぜん「カメが勝ったのは流線形だったからでしょう」と新説を出し、みなをざわめかせたこともあった。

当時、流線形なる語がはやり、空気抵抗の少いその型の自動車などが出現しはじめていた。それにひっかけただじゃれである。

ほかにもくだらない冗談をたくさんしゃべった記憶はあるが、このほかに具体的には思い出せない。思い出したくないからであろう。あまりに幼稚な発想だからだ。当時の先生はまだ健在で、たずねれば「こんなことも言ったよ」と教えてくださるかもしれない。しかし、考えただけでもはずかしく、そんなことをする気になれない。

そのころの私は、東京の山の手の屋敷町に住んでいた。下町とちがって山の手では、近所の子供どうしで遊ぶことはあまりない。もちろんテレビなどない時代。ラジオはＮＨＫ一局で、放送時間も知れていた。また、むかしの親は今とちがって、そう子供の遊び相手になってくれない。したがって、私はひとり本でも読む以外になかった。

そんな孤独感の反映が、教室でのおしゃべりになったわけであろう。他人の注目をひきつけ、自己の存在を示そうというのである。反省すると、まったく幼稚である。

だが、なぜその欲求が冗談という形をとってあらわれたのだろう。既成の型を破った発言というものは、他人に強い印象を与える。小学生の私が、そこまで分析してやったわけではない。いつのまにか身についた知恵である。本能なのであろう。

考えてみると、人はだれも、かかる場合に笑うべきだとの教育を受けていない。しかし、ユーモアやウイットへの感覚はそなわっているのだ。

しかし、本能とはいっても、笑いはまた理性の産物でもある。他人がもの悲しく泣いていると、事情がわからなくても、もらい泣きをしてしまうという現象はある。だが、笑いとなると、そうもいかない。他人が大笑いしていると、事情を知らぬ側は不愉快になるばかりである。理性を通過させぬと、笑いはあらわれてこない。

人類の持つ謎めいた特性というべきであろうか。本を読んでいたら、チェスタートンのこんな言葉がのっていた。

〈すばらしい冗談は、批評の不可能な、ひとつの究極の神聖なものである〉

冗談とかユーモアとかウイットとかいうと、範囲が限られた感じがするが、その本質、新鮮な発想なり発見なりにであった時の形容しがたい心のときめき。それは理屈もなにもなく、まさに人類にうまれた幸福といったものを感じさせる。

SFの面白さは読めばわかる。ある作品がSFかどうかという判定は、これまた読めばわかる。だが、SFとはなにかという定義となると、はなはだ難問だ。多くの人がこころみ、各種の説があり、どれももっともなのだが、なにか言いつくしていないもどかしさが残るのである。

チェスタートンの言葉の如くに片づけなければ、ほかに方法がないのかもしれない。人間の本能と理性との接点でおこる、放電の火花とでも称すべきもののようだ。

その本能とはなんだ、理性とはなんだ。こうなると私の手におえない。人間とはなんだ

星　新一

ということになり、だれの手にもおえない問題であろう。しかし、これだけは言えそうだ。むりに分析するよりも、それを味わうほうがはるかに楽しい。

はじめてブラッドベリの「火星年代記」を読んだ時のことを、私はいまだに忘れない。また、ブラウンの「火星人ゴーホーム」やシマックの「都市」や、シェクリイの短編、キャプテン・フューチャー、そのほか……。

人によって好みのちがいはあるだろうが、だれしも本能と理性の間の放電を感じとるはずである。どうとも形容しがたいが、それはそこに存在するのだ。

えたいのしれないことである。SFに書かれていることは、笑いごとではないのだ。と同時に、笑いごとでもあるのだ。となると、SFというしろものを読んで面白がる人類の存在は、どういうことになるのだろう。このような人類を発生させた地球、いや宇宙そのものは、いったい笑いごとなのだろうか、笑いごとではないのだろうか。

（一九六八年十月刊　第10巻『ハックスリイ／オーウェル』の月報より）

もしもSFがなかったら

筒井康隆

もしもSFがなかったら、ぼくなんか、いったいどうなっているだろう——そう思うと慄然とする。

きっとまだ大阪の工芸社にいて、三十面さげて百貨店のショー・ウィンドウへ入り、マネキンに服を着せたり帽子を被らせたりしていることだろう。

星新一は？

社長業を続け、負債を取り立てにやってくる債鬼の大群にぺこぺこするかたわら、星薬科大学で講師をやり、ほそぼそとながら小遣い銭をかせいでいるだろうか。

小松左京は？

一枚数十円の漫才台本を書くかたわら、お父さんの工場を手伝ってブルドーザーの運転をやっているだろうか。

そんなことを思うと泣けてくる。ああ世は夢かまぼろしかである。ひょっとすると、SFなどというのはぼくの幻想で、今すぐにも本来の、SFのない世界に逆戻りしてしまうかもしれない。そう考えると淋しくてたまらない。そうなると、この世界にはブラウンの「火星人ゴーホーム」もなければ、ディックの「宇宙の眼」もなければ、ブラッドベリの「火星年代記」もないのである。

おお。おお。おお。

暗黒である。悲惨である。

しかし、そんなことが起る筈はない——そう思って、ぼくは安心する。SFの流れをさかのぼれば、大昔、まだ文字のなかった時代の怪談やホラ話にまでたどりつけるわけだから、人間がこの世界に生き続けてきた以上、現在SFがあるのは当然のことだろう。よほど大がかりな焚書を、その歴史の段階でやってでもいない限り、現在をSFのない世界にするのは無理なようである。

そういえば、まだSFという文字もことばも知らない頃から、すでにぼくは「宇宙戦争」「オノレ・シュブラック滅形」「人われを大工と呼ぶ」などを読んで感激していた。

いやいや、もっと小さい頃にさかのぼってさえ、好きな話は「西遊記」であり「八犬伝」であり「こがね丸」だった。さらに小さい頃は、神や悪魔の出てくる童話が好きだった。幻想、夢物語、ホラ話への興味は、成長するにしたがって増したといえるだろう。

一方、「ガリバー旅行記」などのユートピア的なものも好きだった。ルイ・ヴァックスによれば、ユートピア的なものとファンタジイ的なものは、はっきり二つのジャンルに分れるのだそうだ。ユートピアは長篇小説《ロマン》や思考実験に類するものだというのである。しかし戦争中、腹を減らしていたぼくにとって、お菓子の国の話やチーズでできた家の話など、思考実験などではなく、なまなましい欲望に根ざした幻想――つまるところ、やはりファンタジイの世界だった。

江戸川乱歩の少年探偵小説も熟読した。その怪奇性に打たれ、ぼくは次にポオをむさぼり読んだ。ルルー、カー、初期のクリスティーも読んだ。今日《こんにち》、推理小説のほとんどはファンタジイからほど遠いところへ行ってしまったが、それでも謎とき用の不可思議な出来事そのものは、今でも怪奇性の衣をまとい、ファンタジイで色づけされている。

そして喜劇映画――現在でこそそれは、なまぬるく、またどちらかといえばカラリと明るいユーモアに満ちているが、初期のハリウッド製スラップスティックには、気ちがいじみたブラック・ユーモアがたっぷり含まれていた。ぼくは熱中した。やはりルイ・ヴァックスによれば「一見したところ、一方にユーモア、他方に恐怖があるといった風で、両者は水と油の関係に思える。しかし仔細に眺めれば笑いと恐怖の関係はもっと複雑である。まず第一に、人が恐ろしい話を笑うのは、われわれをまさに捉えようとしていた恐怖への復讐以外に、どんな理由があるのか。カーニバルで人を笑わせる仮面は、本来は死者の顔であった」

大学時代はフロイトを始め精神分析の本を片っぱしから読んだ。人間の深層心理の中の異常なもの、奇怪なものを探り、その神秘性を追求しようとした。

これらのものを経て、やがてぼくの中には現代のSFを受け入れる下地ができてしまっていた。その時、SFがあらわれた。ぼくはSFを書きはじめた。

そして今、SF全集が刊行されているのである。今がぼくの時代でなくて何であろう。ぼくの時代なのだ。

（一九六八年十二月刊　第17巻『ヴォクト』の月報より）

ＳＦ雑感

眉村　卓

世の中、いよいよ進歩したのか、昨今では〝ＳＦ的〟という形容すら、まかり通るようになって来た。だがこの〝ＳＦ的〟、ちょっともピンと来ないときが多くて……いやまあみなさん、うまく勝手にお決めなさるものよとにこにこ、わき見などしてみたりして……。

ぼくにとって、ＳＦとは、科学小説のことではない。ではいったいＳＦって何さといわれても、そう簡単にいえるものでなく、所詮はまあぼくの書いたもの読んで下さった上でね……とか、あるいは、ぼくのもの、ちっとも面白くない？　ああそう、顔でも洗って出直してよ、とか、そのへんからゆっくりゆっくりスタートして話しあうべきもののようにも思ってみたり。もちろんそれだって、今のところはということであって、当方はいつでも違うことをいいだす自由だけは持っているつもりなのだから、ほんと、全くとらえどころがない、とでもいっておくほかない。

でも、そんなこと、どっちでもいい。

ぼくがSFというものに出会ったそのころには、まだ（日本では、の話である。念のため）SFは、今のSF特有のイメージの肩章をつけていなかった。実のところはそうではなく、いろんな人々にとっては厳然たる支配綱領があったのかも知れないけど、ぼく自身は、自分に都合のいいように解釈したのである。それまで読んで来たものの中に共通して存在していたお約束というものが、そこでは結構抜きさしならないものでありながら、現実にぼくがお給料いただいて業者と折衝している世界では、紙銭まがいの効能しか持っていないのにほとほと感心し、涙さえ出そうな状態にあったからこそ、これこれ、とダイビングを決行したのだった。

従って、ぼくにしてみれば、SFにおける思考の形式とか背景とか小道具とかは、紙銭にかかわる銭でなければならなかったし、そこにお約束が別にちゃんとあるのでは、やんぬるかな、なのである。自分でお約束作るのは当然としても、頭の上にでっかい看板をあてがわれて、苦心惨澹、ポーズ作り看板どおりにやっておりますとスピーカーでわめき立てている図なんてのは、それこそ薄気味がわるいではないか。

ぼくはやっぱり、看板ぐらい自分でスミを引きたい。

もっとも、自分で仕上げたその看板のもとでの営業活動が、まだ心中に残映を漂わせているとはいえ、前のように、一身あまして鬚眉のあるあり、というほどの自負があるかどうかとなれば、ひょいと肩をすくめざるを得ないのだ。

ひょっとしたら程度の差かもしれないなあ、でも、将軍にとってはともかく当人は百歩走ったほうが矢にあたる率は低いのだから、そこに可能性の大きさをみつけだせばいいのではなかろうか——と、要するに居直っているだけなのかも知れない。

ともかく近頃は、「SFを読みたいんだがどんなものからはじめたらいいかね」という質問に出会うたびに、大げさにあごを引き、そうですねえ、と渋面つくる癖がついてしまった。以前なら待っていましたとばかり、どうです『虎よ、虎よ!』読みましたか?『都市』はいかがです? クラークやレムがいいかも知れません。いえ、エンターテインメントとしてなら、『夏への扉』とか、そいつもうるさいとおっしゃるのなら、そうそう『盗まれた街』というのがあって、などと連発し、相手のノートが一杯になるまで、いとも儀式めいた表情でしゃべりつづけたものなのだ。

だが哀れにも、懇切にやればやるほど、そのあとで顔を合わせた相手が、いっこうにS

Fのことに触れなくなってしまう、という結果になってしまうのだった。

相手自身のせいか、こちらに目がなかったゆえか判らないけれども、どうやら、良書百選を並べ、見るほうはふんふんとそれだけを知識の一翼にするあの関係が成立してしまうらしい。それが本当かも判らないな、と、ぼくはひそかに考えるようになった。

観念の体系を軸とするタイプの読み物にあっては、きわめて観念的な見方をする人々か、でなければ片言隻句にも体験をまつわらせる力のある人たちが顧客になるはずである。そうした人間が、教えられたとおり読みだすわけがない。自分で自分の道を行くだけだろう。もしも誰かの言を利用するとしても、そいつはあくまできっかけに過ぎない。どだいある人物がある分野とかかわりを持つのは、当人の全生活にかかわるある種の嵌合が成立するからである。その切り込みの形に、型も何もあるわけがなかろうではないか。読み手に限らず、書き手だってそうなのである。自省せよ自省せよ自省せよ……のあげくのはてのポーズというわけだ。自省といえば、こんなことを書いているぼくは何だ? SFなのかどうかわからぬ自分の頭の中にあるものの中へのめり込んでゆくばかりのくせに、きいたふうのいいかたはやめるべきではなかろうか。点睛の前には竜を描くのが、順序なのだから。


（一九六九年六月刊　第8巻『ベリャーエフ』の月報より）

無上の世界への感動と不安

光瀬　龍

古生代の石炭紀や二畳紀の頃と、現代とをくらべてみると、どうも現代の方が生物の生きる力、生きようとする意志が弱まっているような気がしてならないのです。古生代の頃の、あの荒削りな造りの生物たちが、混乱としか云いようのないようすで、われがちに海から陸へ上ってきたそうぞうしさとたくましさ。魚から両棲類が、ゴカイからミミズが、巻貝からカタツムリが、海草からシダ類が、そしてフナムシのようなものからサソリのようなものが、ホウネンムシのようなものから昆虫のようなものが、ようなものからようなものへとつぎつぎにあらわれ変化し、いまだ陸上の生物の影のない未開の荒野に進出していったはげしい生への執念と適応へのたえまない努力は、まことにドラマチックであり、ふしぎな迫力があります。

現代ではどうでしょうか。地球を代表する生物である人間（ほんとうに代表なのかどうかはわかりませんが）は水素爆弾を作り出し、宇宙旅行を夢でなくし、三十万トンの船を浮かべ、すばらしい電子頭脳を発明しましたが、こうしたエネルギーは、古生代のむかし、たくさんの生物たちが新しい世界をめざして多くのぎせいを払いながら生きぬき適応していったエネルギーとくらべてどうなのでしょうか。現代の人類のそうぞうしさや、混乱に近い盲目的な力の出し合いが、自然の法則にかなった努力や進化のあらわれとはあまり自信をもって云えないような気がするのです。生物とはそんなものなのさ、と云いきるにはなんとなくためらいがあるのです。人類はほんとうに黄昏を迎えているのでしょうか。それとも、これがほんとうのたくましさであって、これからも同じように百万年も二百万年も、そして一千万年も二千万年も繁栄を続けてゆくのでしょうか。

ほかの天体ではどうなのでしょう。ケンタウリや、アルテアや、その他のたくさんの天体に、おそらくはいるであろうと云われる高度な知性を持つ生物たちの歴史では、こうした問題はどうだったのでしょうか。アンドロメダのどこかに存在するであろう文明ではどのように感じとられ、考えられているのでしょうか。

波うちぎわにすわって、水の中で美しい糸のようなえらをただよわせている小さなゴカイや、岩の上を影のように走りまわるフナムシを見ていると、私はいつもかれらになにかをたずねられているような気がするのです。
私がブラッドベリの『火星年代記』を読んだのは大学二年の頃だったと思います。もう記憶はさだかではありませんが、動物学の実験室の、ミクロトームやキモグラフやビーカー、試験管などが、たばこの箱一つ置くすきまもないほどおしつめて置かれた片すみの机によってそれを読み終えたとき、もう日は暮れて広大な構内は人声も絶えていました。窓に近い青桐の葉が夕風になり、えたいのしれぬ茫漠とした哀しみがそのとき私をとらえていました。人間というものはずいぶん切ないものなんだなあと思いました。今にして思えば、いつの日か、私もこうしたものを書いてみようと心のどこかで思ったようです。もっとずっとたってからシマックの『都市』を読んだとき、その頃は私もSFを書くようになっていましたが、心がしいんと冷えてゆくような気がしました。歴史というものの重さが、その中での文明の興亡に一貫したある非情さが、井戸の底に映った空のように痛烈な想いを私の胸に投げかけていました。学生の頃、読んだギボンの『ローマ帝国衰亡史』やドウソンの『蒙古史』、トインビーの『歴史の研究』などが全く新しい意味をもって私の心によみがえってきました。

光瀬 龍

さらにしばらくたって、二度目の大学生活（それは精神的におそろしく贅沢なものでした）で学んだことを急速に思い出し、復習しなければならない事態が到来しました。

それは仏典と仏教美術に関することでした。長い間うっちゃらかしておいたそこへ立ち還ってみると、私はいつか深い謎と感慨にとらわれてしまいました。

「色即是空」とか「般若」とか「彼岸」、そして弥勒だとか阿修羅だとか、帝釈天とかの多くの仏たちにまつわる伝説の数々。存在は空である。また、空の空なるもの、などというとき、その背後にこの世界を観る絶対者の気配を感じないわけにはいかないのです。その絶対者もまたその背後に超絶対者の影を負っているようです。遠い歴史のあるとき、天のどこからかやってきたある『来訪者』へのかぎりない接近と、かい間見たある「無上」の世界への感動とが、同時に底知れぬおそれや不安となって述べられているような気がしてなりません。秋深い広隆寺の弥勒像の前に立つとき、あるいは次元の異なるのかもしれぬ遠い遠いその人たちの世界を、私はあれこれと心にえがいてみたりするのです。

（一九六九年一月刊　第19巻『ウインダム』の月報より）

人類公害

平井和正

この夏、国際SFシンポジウムが開かれたとき、どういうわけか事務局入りして、慣れないことばかりやっていたのだが、べつにその報告をする気はない。われわれがクジラおじさんと呼んだ海洋生物学者マクベイ氏がひょっこりホテル・ニュージャパンの事務局を訪れたときのことを書きたいのだ。なにしろ忙しいのとこっちがさっぱり英語が喋れないのとで、話はチンプンカンプンだったのだが、クジラおじさんがたいへん熱情的に愛すべきクジラやイルカなど未来のお友だち《フューチャー・フレンド》の虐殺を即刻中止すべきだと語っていることだけ理解できた。クジラおじさんが持参したステレオ・テープには、海中で録音したザトウクジラ三頭の合唱が収音されており、その神秘の魅力にはたいそう感激した。なにしろ人類の見さかいのつかない暴虐ぶりにはげんなりしているので、クジラおじさんのキャンペーンに賛意を惜しまなかった。

それ以来、人類公害説がぼくにとり憑いてしまったのである。ホモ・サピエンスこそ地球上に生じた最大の公害というわけだ。発生以来人類がどんなに悪事ばかり働いてきたか、これはもういくらでも論証できる。人類とその共犯者の犬は、全地球生物に呪殺されて当然である。かくなる上は、全人類三十数億、腹を切ってお詫びすべきだとクジラおじさんにいおうと思ったのだが、先に述べた事情がからんでままならなかった。そのかわり星さんが、切腹とは自己を公害と認めて責任をとることであると見解を述べてくれた。いいだいいしべえでもあるし、まっ先に腹を切らねばならないのだが、切腹が一番痛くて苦しい死に方だという記事を読んだ覚えがあるので、都市ガスか睡眠薬あたりでごまかせないだろうかとめめしいことを考えている矢先、三島由紀夫氏がみごと腹かっさばいて果ててしまった。

三島氏はかつて、SFこそ近代ヒューマニズムを克服せよと叫び、われわれSF作家を啓発してくれた人である。真の天才三島氏がついでに文学を否定して死んでしまったので、文学者は大ショックを受けているが、もちろん近代ヒューマニズムを克服したSF作家のぼくは平気である。自己の立場を再確認しただけだ。ついでにいえば、氏の切腹に諫死の傾向が色濃いのがもの足りない。後に続いて人類全員腹を切れと迫ってほしかった。やはり氏は人間を信用していたのであろう。

しかし、人類という高級猿には、どうにもならぬ獰悪さがあることは事実である。オーストリーの動物学者コンラート・ロレンツの研究を読むと、そのあたりの事情がよく呑みこめる。人類は猛烈に怒りっぽく野蛮きわまる生物で、しかも攻撃性の抑制機能がほぼ全面的に欠けているらしい。それが、他の猛獣が決してやらない、同種同族間の無制限な殺しあいを平然とやってのける理由なのだという。

ぼくがSFを書きだして以来、一貫して追及してきたテーマが、この人類にひそむ凶暴な攻撃性だった。すなわち仏教でいう無明の闇である。たまたま、それをSF的な手法で虎に具象化したので、仲間うちから〈虎憑き〉とか〈虎キチガイ〉と呼ばれるようになってしまった。もちろん、これはぼくの動物学の知識の欠如から生じたもので、本来の猛獣は人類に比べたら、はるかにしおらしくつつましい動物なのだとわかった。とくに甚しいのは、狼に関する誤解だった。狼を奸佞邪悪、酷薄残忍貪欲な凶獣とする固定観念は、どうやらグリム童話〈赤頭巾〉によって幼時期に植えつけられたものであるらしい。事実はまったくその逆で、ダンテが〈平和なき獣〉と呼んだ狼が、人間と同じく社会的動物であり、それぞれが緊密な愛と友情で結ばれてい、温和で親切ですごく気前がよくて礼儀正しく、慈悲深く博愛心に富んでいて、人を襲って食ったりせず、種の異なる人間の幼児ですら愛育する、たいへん立派な動物である、と知ったときの驚愕。

これはなにかの陰謀だったのだ。疑う余地もなく、人類は自己の邪悪な気質を直視することを好まず、それを他に転嫁したのだ。スケープゴートをでっちあげるのは、人類十八番の手である。人類は、自らに向けるべき憎悪と侮辱を気の毒な狼に向けたのだ。

極悪非道な悪役の狼像は、人類の自画像だったというわけである。不愉快な話だ。しかもなお、人類は狼迫害の手を休めず、賞金首にして狼を絶滅の淵に追いつめているのが現状だ。狼ハンターは飛行機で追いつめ、なんの反撃の心配もなくライフルで射ち殺すのである。人類全員にぜひ切腹してもらいたい。人類がかつてない強大な牙——絶滅兵器を手に入れ、同種内攻撃によって、地球全生物を道づれに、滅びの道をたどっているいまこそ、佞獣と呼ばれる狼たちがその強力な牙を乱用することを防ぐ、絶妙な抑制のメカニズムの秘密を解き、みずからも身につけることを急がなければならないのだが、もう手遅れかもしれない。

ぼくとしては、人類告発の狼男シリーズを書くより、やはり切腹すべきだと思っている。

本当は、北極圏の荒野にわずかに生き残っている狼たちの前へでかけて、お詫びのしるしに食ってくれと懇願したいのだが、人間とちがって食人をやらない彼らにことわられてしまうであろう。

(一九七一年一月刊　第12巻『ハインライン』の月報より)

私は前座

半村　良

文学とか芸術とか、そういう世界のことを話し合ってる人たちの傍にいると、以前はとても哀しく、淋しく、ああどうして俺は駄目なんだろうと、そのあと何時間も気が沈んでしまったものです。それが、近頃はあきらめがついたのか、ずうずうしく居直っちまったのか、あんまり気にならなくなって来て、そういうことは俺とは縁の遠い、もっとえらい人たちが喋ったり、したりすることだと割り切れるようになりました。だからとても気が楽です。

つまり、このとしになって、やっと自分が何者で、何になりたがっているのか、気がついたらしいのです。

私は芸人になりたいんです。幼い頃私をとりまいていた社会では、双葉山が神様で、いちばんかっこいいのは寄席の師匠たちだったのです。だから街に触れ太鼓のきこえる季節になると、ひいきの部屋から番付の届くのが待ち遠しく、そのペラペラの一枚の紙きれを届けてもらえる家柄に生まれついた自分が、この上もなく高貴な血を享けているような気分になったものです。いまわのきわの父親のことばの中に、「いいか、大きくなったら芸人さんを大事にするんだぞ」という一節があって、そこだけ特によく覚えていました。今考えてみると、芸人をかわいがれるような成功者になれ、といった意味が含まれていたようですが、とにかくそんな環境に育って、自然寄席の芸に親しみ、いつの間にか自分も芸人になりたいと思うようになったのでしょう。芸術とか文学とかいうものを理解しようと随分努力したのですが、そういう私には所詮越えられぬ垣があって、結局最初の世界で腰を据えることになりました。

とうとう寄席の芸人にはなり損ないましたが、運よくSFというものにとりつけましたので、そこでなんとか自分の芸をつくろうと思っているのです。……話芸を文でするわけです。今でも一度字に書くと声に出して喋ってみなければ気がすみません。舌で字をころがして、つっかかると気になるので文章を直してしまいます。自分でそうやり出してから気がついたんですが、久保田万太郎という方の文章は、喋ってみてコロコロとよくころがるんですね。まるでつっかからない。書いてから、やはり声に出していらしたんでしょうか……。

私はまだ前座で、神田多町にある早川書房という席へ通っています、近頃本ものの芸人さんが、ドカドカお金儲けのできる御時勢になりまして、どうかすると高座から若いお客様に物を教えようなんていう態度がチラチラしてるようですが、どうかと思います。お客様あっての芸人ですから、自分の芸の範囲で及ぶかぎりのサービスをするのが本当じゃないでしょうか。それに、なんでもコナせるようになるのは理想ですが、分を心得て自分の芸をきめ、それ以外のところでぶざまな金もうけをしないことも大切だと思うんです。

私は自分の芸を、ほんとらしい嘘をつくことにきめました、だいたい小説ってのはつまるところオハナシでしょう。つまり嘘のことなんです。面白いオハナシっていうのは、いい嘘をついてるってことなんで、いろんな小説の中でも特に私がSFを面白いと思うのは、その嘘がいちばん大きな種類の小説だからなんです。嘘と判っていて、そのみごとな嘘のつみ重ねにお客様をうっとりさせる芸もあります。切れ味のいい嘘にたとえてホントの世の中をあばいて見せる芸もあります。でも私が選んだやつは、ひとつだけなるべく大きな嘘をついて、あとは必死、必死で詰めて行く芸です。……詰め将棋の必死みたいな具合で。

そのためにはできるだけよくホントを知って置かないといけないようです。高座から物をお教えするんではなくて、その嘘を真実らしくみせる仕掛けにホントを使って、運よくそれがお客様のおみやげになればしあわせだと思っています。せっかくおいでくださったお客様ですから、折詰のひとつもお持ちかえりいただきたいのは、芸人としてごく当り前の気持です。……でも芸の仕込みが悪いので、なかなかうまく行きません。むずかしいことです。と言って、それを諦めてしまうと、もう私には生きるてだてがありません。ドヂのヘボと言われようと、石にかじりついてもこの芸で身をたてないと、女房子が養えません。ほかに何の取柄もないんですから。

テレビの司会をしたり手相見をなさったり、レコードを吹きこんだり専門外のことをなさりながら、文学などという凄いことをおやりになれる方々がいっぽうにいらっしゃるのに、なんとも情けないことではありますが、考えてみれば、いろんな人がいらっしゃるから世の中はおもしろいので、私みたいなものも、これで何か世間のタシになっているのだろうと、自分で自分をなぐさめています。

それにしても、ほんものの寄席のほうのかたはうまいことをおっしゃるものだと感心しています。前座の身から眺めますと、まったくのはなしが、ウチのほうはとしよりが長生きで……。

（一九七一年四月刊　第34巻『日本のＳＦ　古典篇』の月報より）

ＳＦに憑かれて

矢野　徹

昔習った言葉に効用価値というのがある。ＳＦのそれは、逃避だ、娯楽だ、と言われるだろう。だがぼくには希望を与えてくれる効能が大きい。過去も現在もだ。ぼくにとってＳＦは、希望の象徴と言っていい。

その背景には、ぼくの過去、大きく言えば日本の歴史がある。ぼくのＳＦに対する目覚めは敗戦に始まる。

軍服一枚で帰ってきた寒い年末、わが家は丸焼で食べ物はなかった。焼け跡には、精一杯集めた本の表紙が炭化して残っていた。土方、俄か通訳、何でもやった。本が読みたくても高くて手が出なかった。

無料で読めるのは米軍の図書館、それは米軍のボイラーで山のように燃やされていたポケット・ブックだった。ぼくはネーサンのファンタジイを知り、それからSFの世界を知った。昭和二十三年ごろの話だ。ぼくは玉蜀黍《とうもろこし》のパンをかじりながら横文字のSFを読んだ。

確かに逃避でもあったろう。厭な苦しい現実の生活の中では、SFはひとつの麻薬だったんだ。星々の王者のこのわしも、未開の惑星へときならぬ不時着では、食うにことかくも仕方がないわい、てなもんだ。ま、少しは頭も変だったでしょうな。

なぜSFに惹かれたか、その理由のひとつはぼくの状況に、アメリカ人の西部開拓精神に共感するものがあったからかもしれない。ぼくはアメリカかぶれは一度もしなかった。だが、共感は覚えたのだ。

つまり、アメリカの発展の基盤は、過去の代用を未来に求めたところにあると考えたからかもしれない。かれらには長い歴史の背景がなく、誇るべき文化の伝統がなかった。そして過去の栄光に代用するものを未来の希望に求めたのではなかったか。かれらにとって、西部の荒野は、未来のオアシスと考えられたのではなかったか?

兵隊帰りのうらぶれたぼくにとって、過去は誇るに足るべきものではなかった。自分の国が敗れたことにも怒りを感じないほどの情ない男に、過去が希望の象徴であってたまるものか？　その時点に於て、ぼくは過去と断絶したかった。

敗戦ぼけの白痴状態のぼくにも、希望は必要だった。希望は現在の食料だけじゃない。未来の希望を象徴するもの、西部開拓者貧乏人が未来を求めたように、ぼくはＳＦに未来と希望を求めたんだ。

　ふすまを食べ、玉蜀黍をかじりながら、ぼくはスペースオペラに酔い、宇宙の美女を抱き、山海の珍味を食べたんだ。デネブのステーキを知り、ポラリスの三色海老を知るものにとって、地球の食べ物なんざ、ま、当座の口しのぎ。

過去と断絶してＳＦに飛びこんだぼくにとって、芥川はブラッドベリに変わり、乃木大将はハインラインと変わった。

　そして五年がすぎ、アメリカ一のＳＦファン、アッカーマンを知り、二十八年にはかれの世話でアメリカ各地で半年ＳＦの中に漬かった。もうぼくは、ＳＦから離れることなど夢にも思わなくなっていた。そのころのぼくは、ＳＦ一冊を二、三時間で読めるようになっていた。たぶん目が良かったのと、読むだけで良かったからだろう。

　未来をＳＦにかけた希望は徐々に形を作っていった。ＳＦ放送ドラマ、ＳＦ読物、ＳＦ翻訳、ＳＦの市場を求めながら、ＳＦを読み作り訳し、そして働き続けた。ＳＦのおかげで良い友達もできた。

ファンの数はふえ、こんな全集まで出る時代になった。ぼくの未来はやってきた。これからは何をすればいいんだろう？　SFに求める新しい希望は何なのだ？　それをこれから探そう。

敗戦と、当時のぼくの幸福を求める心のうずき。それは実に大きくぼくの心に根をおろしている。つまり、現在のぼくがSFテーマの中で最も興味を覚えるのは、終末ものと超能力者ものなのだ。やはり過去はぼくをつかまえて放さないものらしい。

とすれば、これからの若い世代の読者が求めるSFのテーマは「幸福、マイホーム、ゲバ棒」というようなことになるのだろうか。

SFにどっぷりとつかった二十年。これを書いている一時間前の午前六時、ぼくはハミルトンの『天界の王』を仕上げるため二十四時間、かかりきりだった。いかにSF漬けのぼくでも珍しいSFの二十四時間だった。そのあとでこの月報を書き、急ぎのSFコントを考える。ああ、現在も未来もSFでいっぱい、希望がいっぱい。


（一九六九年四月刊　第35巻『日本のSF　現代篇』の月報より）

書きたい小説

石川喬司

いつか書きたいと思っている長篇が二つある。

ひとつは——SF関係者が〝集団心中〟をする話である。主要登場人物は五人、男四人に女一人、作家、画家、編集者などだが、ある夜明け、突然「死のう」ということになって、瀬戸内海の島へ行く。なぜ全員が「死のう」という気持になるか、それが前半のポイントで、第一部は、ABCDEそれぞれの人物の動きに別々の照明を当てた章を中心に展開される。彼らが製作中の作品（そのひとつに素晴らしいスペース・オペラが入るはず。他にも、未来ものあり、恋愛ものあり……）が並列して、その間に物語が進行する、という趣向である。

瀬戸内海の島での不思議な出来事が第二部になるわけだが、その出来事に、第一部のかなりの部分を占める五種類の作品が、微妙に絡んでくる。……

　生きることの意味、をSFの手法でさぐってみたい——という狙いなのだが、まあ大風呂敷をひろげるのはよしとこう。一行も書いていない作品について大口を叩くのは、みっともないし、第一、あとで恥をかく。恥をかくのはいいとしても、はたして死ぬまでに書き上げられるものやらどうやら。ファーストシーンのイメージだけが、おぼろげに浮かんでいる段階なのだから。結局は、ホルヘ・ルイス・ボルヘスの『トレーン、ウクバール、オルビス・テルティウス』『ハーバート・クエインの作品の検討』『アル・ムタージムを求めて』『「ドン・キホーテ」の著者、ピエール・メナール』などのように、三十枚前後のコンデンス版になってしまうかもしれない。

　それらの作品について、ボルヘスはこう語っている。

「厖大な本の構成は骨が折れ、かつ、身をけずる濫費である。完全な口述の解説ならば数分ですむ一つのアイディアを、五百ページにわたって発展させて行くことは！　もっとよい手段は、これらの本がすでに存在しているというふりをして、要約《レジュメ》、解説を提供することである。……より論理的で、より間のぬけた、より怠惰なわたしは想像の本についてのノートを書くほうをえらんだ」（篠田一士訳）

現在のぼくの心境を代弁してくれているような言葉である。

ところで、書きたいと思っているもうひとつの長篇は、これも大げさにいえば、ドストエフスキーが投げかけたテーマのひとつへのSF的アプローチ、いわばSF版・鎮魂歌の試みである。なぜこの世には孤児や不具者がいるのか？　なぜ痛みに抗するすべをもたぬ幼な子を病魔がむしばむのか？　なぜ愛する者と死別しなければならないのか？　それらの苦しみや悲しみは無意味であり、死んだ者は決して帰っては来ないのか？

SFは〈楽器〉か〈武器〉か、という論議があるが、これは設問がおかしいので、すぐれた楽器であることによってより強力な武器になりうる、と考えるのが妥当だろう。

〝慰めとしてのSF〟ともいうべきこの空想の作品は、言葉のパン、言葉の薬を生みだすことになるはずだが、もちろんこんな大それた試みに、非力なぼくが取組めるはずはないので、あくまでも「いつか書けたら……」という夢にすぎない。

もっとも、以上の二作とも、その花芯になる、いわば推理小説におけるトリックめいたものは、一応考えてある。それは一口にいえば、〈時間〉の破壊だ。ぼくの短篇集の書評で「彼がまず取上げたものは、ブランショに見られるような時間の破壊による観念の組み直しである」と書いてくれた人がいたが、ぼくの貧しい作品にもしSFにつながる点があるとすれば、わずかにそれだけかもしれない。そしてその試みはまだほんの小手先のことにすぎず、すべてはこれからである。

顔の長いシッポのある恋人との〝情事〟に飽きがきたら（果たしてそんな日がくるかしら？）、ぼくも本腰を入れて、〝前人未踏〟の道に歩み入りたい、と考えている。アイルランドあたりに牧場をもって、さまざまな血統を組合わせて交配の実験を楽しみながら、SFを構想できたら、どんなに楽しいことだろう。

（一九六九年三月刊　第26巻『オールディス／バラード』の月報より）

part 2

Essays on Author

真鍋　博
手塚治虫
藤本義一
尾崎秀樹
石森章太郎
都筑道夫
三木　卓
浅倉久志

Author

星さんとぼく——星空間遊泳中

真鍋　博

四年も前である。〝万国博を考える会〟というのができて、小松左京や加藤秀俊、岡本太郎さんと四、五十人近くの人が大阪に集ってまず自己紹介をはじめたが、ぼくの隣に坐った星さんは「いつも真鍋君の絵のさし文を書いている星新一です」とぼくをひきたて、ぼくの分まで紹介してくれたことがある。星さんは顔は童顔でもさすがに大人で、ぼくをこうしてさし絵を描く時いつも張りきらせ、そのくせショートショートの新鮮さをねらってぼく以外のいろいろの人にさし絵を描かせ、誰でも星さんに褒められたりおだてられたりしては下手な絵を描けず、その人以上の仕事をさせるのである。さすが星製薬の御曹司、さし絵一つから本の出し方、とぼけて軽妙なしゃべり方まで作家としてまさに経営的手腕にたけており、星製薬がタケダ薬品を抜かなかったのは経営力というより〝おせっかいな神々"のいたずらとしか思えないのである。この星さんの作品にはいたってお人好しが多い。殺し屋さえお人好しである。しかし星さんはそれ以上に悪意をいだかせぬ。あるラジオに一緒に出演したが放送が終って局員が出演料をもってくると星さんは目の前でパッとお札を抜き出して折りたたんでサッとポケットに入れ、封筒をくしゃくしゃと丸めてその人の見ている目の前でポンと灰皿の中に放り込んだ。こんな仕草をぼくなどやろうものなら最低の人間にしか映らないのだが、星さんがやると愛嬌にも変った人にも見えてくるのである。西武デパートで講演会を頼まれた時は星さんがしゃべり、ぼくがオーバーヘッドプロジェクターに絵を描いたが、それが終って西武のおえら方が挨拶に出てきて特別室で話し始めたら、星さんは急に立ち上がり、ぼくに「帰ろうか」と突然いいだしたのである。相手はびっくりキョトンとした顔だったが別に怒りだしもしなかった。

星さんは朝のテレビに絶対出たがらない。早朝番組のことでぼくに電話がかかってくるのは大抵星さんが断ったオハチが廻ってきたからだと思うことにしている。自分も人一倍テレ屋だが奥さんとなるとこれまた絶対に人前に出したがらない。その奥さんと先日久しぶりにお目にかかった。婦人雑誌でうちのお客さんというグラビア頁の企画があり、星家の応接室が登場したが、星さんはその客人にぼくを呼んでくれたのである。星一家だから二人のお子さんも一緒、しかしユリカちゃんがいなかったら星夫妻は四年前とちっとも変っていない。奥さんにいたってはバレエをやっておられた頃と少しも変らず、パリであのフランス人は何を勘違いしたのかと急に四年前を思い出したのである。それはニューヨーク世界博の時のことである。星さんとは早くからこの博覧会を見に行こうと約束していたのだがその取材記事を別々の週刊誌に書く破目になった。だからせめてニューヨーク以後はと星夫妻と一緒に大西洋を飛んで、真夜中パリのホテルにとびこんだのである。翌朝早くとび起きて、折角パリに来たのだからせめてスケッチでもとホテルを出ていこうとすると、フロントマスターが「パパやママは一緒に行かないのか」と不思議な顔をしていう。昨夜から星夫妻とぼくをホテル側はてっきり親子と判断していたのである。ぼくは、「ノン・パパ、ノン・ママ」と手をふって力説したが信用しない。ホテルに帰ってくると星夫妻が外出していて「今夜モンマルトルのアラブ料理店で会おう」と伝言が部屋に放りこんであった。一人でおっかなびっくりそのレストランへ入って行くと、店内はまるで迷路、一つ一つの個室に目だけ光った女や男が時々ポツリポツリと坐っている異様な臭いの気味の悪い店、それでもぼくはここでしばらく待ったが星さんはおろか客は誰一人こず、やがて髭をはやしてターバンをまいた男が部屋に入ってきてナイフを研ぎだしたから「オー・

「パパ」といわんばかりに料理店を飛び出してエッフェル塔近くのホテルに逃げ帰ってきたのである。

あとできくとアラブの店内では時々外国人が蒸発するという、留学中の日本人の女の子も度々行方不明になり、大使館へは本国日本からの問合せがいくつもきているのだそうだ。ぼくもあやうく「特別料理」にされるところだったのである。この星夫妻との海外旅行から帰ってきてどういうわけかぼくは不思議な錯覚におそわれはじめた。机に坐って絵を描く。紙の上に、定規を使って一本の線を引く。途切れのないまっすぐな線が引ける。どこも曲っていないはずだし、事実、ぼくにも一本の直線に見える。だが、はたして紙の上の線はほんとうにまっすぐなのだろうか？　ただぼくはまっすぐな一本の線だと信じているだけで、実際は曲っていたり、あるいは紙の上には何も描かれていないのかもしれない。紙自体がそこに存在していることも実はあやふやなわけである。ぼくは旅行の間にいつのまにか「星」空間に迷いこんだのであろう。しかも絵がおかしく見えるただそれだけではない。朝、目が覚める。今朝午前二時頃にベッドに入り、七時に目を覚ましたわけだから五時間眠ったわけだが、それは、ベッドに入るときに見た時間が二と十二を指しており、起きたときに七と十二を指していたので、そう思ったにすぎないかもしれない。三〇時間眠っていたのかもしれないし、五四時間だったのかもしれない。いつも広告から先に目を通すため、新聞を下から読んでいたぼくはその確認のためそれからは新聞のまず日付、最上から見るようになってしまったのである。

その癖が今もぼくには続いている。いま机の上にある時計はめちゃくちゃで狂気の時計だ。12の横に13があり、それにつづいて5や8や0のある文字盤でお客さんは不思議な顔をいつもするが、これはその頃につくった呪いよけの時計なのである。つまりこれほどイメージ世界にうなされるくらいぼくは随分と星さんのさし絵を描いた。しかし、作家とさし絵画家というような関係はさらさらとしてない。ぼくはお中元やお歳暮に何かを送ると星さんは必ずそれ以上のものを送り返してくれる。そしてただお返しの品というだけでなく「こちらこそお世話になりまして」と丁寧な電話までかかってくる。ぼくをさし絵人間としてではなく友達人間としてつき合いたいのである。だからぼくも時々ふらちな考えを起す。一度ショートショートを書いてみたい。そして星さんにさし絵を描いてもらったらどうだろう。この企画はいままで度々雑誌社や出版社にもちかけたがしかしいまだ実現の可能性はない。

（一九六九年七月刊　第28巻『星新一』の月報より）

真鍋　博

ピザロの白鳥的怪物

手塚治虫

「うん、酒をのませてもらおうよ」

左京さんというのは、そういう人徳のある人なのである。

芸術家に太っている人は少ない。例外もあるけれど、（たとえば、音楽家でいえばパブロ・カサルスのように）画家、書家、写真家、彫刻家、作家から映画畑にいたるまで、みるからに精力肌の人間はざらにいる。

小松さんはこういっては失礼だが、未来学会などの学術会議の席に坐っていても、万博関係者の集まりにくわわっても、はたまた作家関係の集会の席上でもまったく異質である。どうみても、重役肌で我々にヒョイヒョイとふところから札束を出しては与える側にまわりそうなタイプである（一見、サンヨー電気の取締役の亀山さんの風貌に似ている）。

人は性格学上、かようなタイプは野心と根性にみちあふれ、多分にギャンブル的な冒険を好む反面、社交家でオプチミストで人望の高い人が多い。ロッシーニがよい例である。この「ピザロの白鳥」とあだ名された天才は中年をまたずして、作曲の筆を折り、時後は名声と財産とにささえられて、裕福な余生をおくったといわれる。表面上、名成り功遂げた人の達観した境地とみられそうだが、どっこい彼の筆を折ったいきさつのなかに、たえられぬほどのジレンマと絶望が存在していたことが確かなのである。ワグナー一派やマイエルベールのはなやかな登場によって、彼の畢生のオペラ「ウィリアム・テル」にはなはだしい自己嫌悪と敗北感をおぼえたであろうことは記録に残っている。しかし、そのような内面の苦しみさえも、ロッシーニはもち前の性格から笑いとばしてしまうようなふりをする男だったのにちがいない。

僕達が小松さんの作品をよむ時、そこに驚異的なオリジナリティと底知れぬプロフェショナリティを感じ、天才の名をいたずらに安易に捧げようとするが、小松さんの表情にあらわれぬかなたに意外と苦くきびしい作家体験と戦っている一面がかくされているような気がするのだ。

小松さんの伝説は誰もが知っている。片手に受話器をもち、片手でペンを走らせ、口いっぱいにものをほうばりながら顔は第三者と語り、しかもその時には次の創作のアイデアを頭で漁っているという神技を僕達はホテルでいつも経験している。

その時間と場所に対する貪欲さはあきらかに焼け跡派と称する昭和一桁代の文化人に共通する性格である。青春期に文明的真空状態を体験した世代が、戦後怒濤のように流れ込んだあらゆる文化的素材を貪婪に吸収し消化せざるを得なかったその蛸のような文明餓鬼ぶりを典型的に残しているのが彼である。

＊　＊　＊

小松さんが焼け跡時代において様々な人生体験を重ねたことは、作品の端々ににじみ出ているが、作品を支える大きな要素と成りえるものの一つに、彼のマンガ体験があげられるだろう。

小松さんとマンガの結びつきは、彼の学生時代や放送作家時代に読んだ赤本マンガが始まりと思われるが、事実彼の初期の数篇のＳＦ作品の発想や風刺精神は明らかにマンガと共通している。

どこかに書いたことだが、ＳＦ愛好者とマンガファンとは相通ずる場合が多い。一般の文学マニアがマンガを軽視することとは、まったく奇妙な対照である。マンガの中に含まれたファンタジックな要素と文明批判的要素がSF的感覚に不思議なハーモニーをもたらしているのかもしれない。

そういう意味で小松さんの初期の数作、たとえば、「日本アパッチ族」、「ゴエモンのニッポン日記」は僕にとって、まさに驚くべきマンガ作品だった。これが小松作品の最左翼ならば最右翼は「復活の日」を初めとする一連のシリアスな疑似イベント作品である。これらは僕の思うところでは、初期の軽快なマンガ的作品（こういうたとえで、申し訳ない）で一般的評価をかちえた小松さんの作家的姿勢のための虎の子だったにちがいない。これは実に巧妙なデビューの仕方だったといえる。そして、爾来、彼はこの両刃を使いわけて、老練にマニアと一般読者とをひきずっていくのである。

小松左京、筒井康隆、眉村卓とこう関西勢のSF作家をみていくと、そこに一貫した特異なコスモポリタニズムがあることに気がつく。それは関西人気質の中でねっとりと練り上げられた肉汁のような油っこさである。たとえば、小松氏のショート・ショートにおけるオチの味は、星ショートのお茶づけのようなさらりとながしたオチとはまったく異質である。

一言にしていえば、二重三重のサービス精神に支えられた結末なのである。「関西のお客さんはこわい、つまらぬ芝居には決してギリで拍手をしない」という芸能人の評価は、ある意味のエンターテイナーであるSF人小松左京に本質的にそなわった強さであろう。

僕が小松さんの傑作の一つだと思う「くだんのはは」はそのどぎついサービス精神に支えられなければ、他の作家ではものにはならぬ作品の一つである。

従来SF作家は、SFマガジンなどを中心に各自の場において創作をつづけていれば座は安泰であった。小松さんはそれをひっくり返し、世界を歩きまわり、体験し、行動マンとしてSFをジャーナリスティックな舞台へおし上げようとしている。このタフネスさがあのにこやかな表情と巨軀とロッシーニ的楽天性の影にかくれているところに彼の怪物たる所以がある。

（一九七〇年六月刊　第29巻『小松左京』の月報より）

卓さんのこと

藤本義一

眉村卓さんのことを思い出すままに書く。

大学時代、村上という名を聞いたことがある。阪大の柔道部主将村上打倒とわが校（大阪府立大）の柔道部の連中が吠えていた。その村上が眉村だったとは、その後十年経って知った。この十年間の二人の道は違う。ぼくは映画撮影所の××組から△△組といった歩き方をして、眉さんは広告代理店に勤めていた。この間に、一度だけ、なにかの会合で顔を会わした記憶がある。それとも誰かの紹介でホテルのコーヒーコーナーで会ったのか定かでない。

こんな誠実な人が作家に向くのだろうかと思った。もっとも、ぼくは与太っぽい男だからだ。その別れ際、彼はタクシーに乗り込むぼくに、では、また、機会があれば是非などといいながら、深々と頭を下げ、ぼくは愕いて、恐縮した。そして、また数年が経ち、ぼくたちはB・Pエージェンシーなる虚業集団を創った。突如、豊蔵万王吏なる怪態な男が現われて、頭脳集団を大阪に樹立すると宣言したので、ぼくは飯子晃一氏、眉村卓氏、華房良輔氏に呼びかけたのだ。そして二年経つ。この間、眉さんは常に正論を吐くのである。こちらはそれをつぶす言動をして楽しんでいるので、会合は、いつもプラス・マイナス・ゼロとなり、ウィスキーを飲んで、パッと夜明けに散り、そしてまた会うの繰り返しなのだ。

眉さんを呼ぶ場合、しばしば眉村氏《うじ》などという。鬢の剃りあとが、まるで青黛《せいたい》をつけたような感じで、眉が太く、時代劇のような感じがするからなので、原稿用紙にむかっている彼の面差たるや、かの二万石の近江膳《ぜ》所《ぜ》藩の城主の丸尾近江守和則もかくやと思うのである。彦根の大藩と京都所司代に挟まれたこの一小藩の城主は、平和と理想に燃える誠実の人であり、ぼくの一番好きな城主なのだが、眉さんは、そういった顔で、太い溜息を吐いて、原稿を書きつづけるのだ。

「お主、大変でござるのう」と、つい揶揄《からか》うと、「いや、大儀」などと彼は答え、太字の万年筆に力をこめて、原稿用紙の枡目一杯に文字を埋めつづけていく。大体一枚書くのに三枚を丸めて捨てるので、彼の側の紙屑籠は、たちまち柔道三段の掌に丸められた紙屑で一杯になる。

卓さんは、大体、原稿の束と万年筆をもって、自宅を出ると、喫茶店を転々としながら一編を仕上げるらしいので、彼の所在を確かめるには、特殊なレーダーを必要とするわけだ。この体格と行動を見ていると、全く異質の作風ではあるけれども、ぼくは逝くなった劇作家の八木隆一郎氏を思い出すことがある。

彼はウィスキーを飲んで、時には柔道の真似事もやるが、まあ、総じて静かなる痛飲というところがある。ある夜、東京の片隅で、文学青年らしい二人の野郎が、ぼくに絡んできたことがある。

「あなたの文学に対する姿勢がいけない。そう思いませんか」といったことをいうので、「なにをいうか。おれはおれだ。文句をいうな。うるさい。出て行け！」と怒鳴ったところ、隣りで飲んでいた眉さんが、その二人に対して、穏かな口調で、物書きの姿勢というのは、色々とあるわけであり、藤本義一は義一流の姿勢を保っているのであり、眉村卓は卓流の姿勢をもっているのだと低い声で喋りはじめ、それは君たちの独断すべき問題ではないといったことがある。この理のととのった説得に、二人の青年は深く頭をさげ、約一時間半ほど聞いていたものだ。ぼくは、眉さんと二人の青年に背を向ける恰好で、女性を揶揄いながらウィスキーを傾けてはいたが、なるほど、眉さんという人は、繊細な神経と青年に対する愛情をもっていて、おれとは全然逆な方法なんだなという気がしたものだ。これは、その時一回ではない。これに似たことが時々ある。不思議なことに、眉さんの話を聞いている裡に、青年たち、特に高校生、大学生は、頬が紅潮し、眼が輝いてくるのである。ぼくは、彼等を怒らせて喜んでいるという悪い癖があるが、眉さんは、この人生の戸口で迷っている連中に対して、親切なのだ。

「眉さん、あんなやつは、捨《ほ》っといたらええやないか」というと、「いや、彼には彼等なりのひとつの理念といったものがあるからな」と、静かにいうのだ。こういわれると、それ以上いえなくなってしまうのだ。

こう書いてくると、眉さんという男は、硬派すぎて、議論好きなような感じになるのだが、実は、よほどのことがない限り、自分の知識を口にすることはないのだ。たとえば、古典落語を理論的解釈する輩には、眉をひそめてソッポを向くし、芸術論をさも自らが発見したような論調で喋る連中にも耳を藉そうとはしない。なにもいわずに、彼等を黙殺してしまうのである。

今、ぼくは、なんとかして眉さんを競馬の世界にひきずり込もうとしているのだ。彼の、あの綿密な構成《プロット》づくりとか、考えをもって競馬の世界に足を踏み入れてくれたなら、かならずわが馬券戦術に利をもたらせてくれるように思うのだが、「ま、その時はその時、現在はその気がない」というのだ。

彼の好みの女性は竹久夢二描くところの美少女だろうと勝手な解釈をして、北のバーで発見したので近付けて成行如何と楽しんだが、その女のいうには、「あの方は、あんたと違ってチャランポランをいいはしませんから、あたしは尊敬して、嘘をいうことが出来ません」と、見事作戦を外されたのである。

他に、彼の苦手を知っているが、それを書くと彼のファンが、がっかりするので、やめておく。これが友情であろうといえば、いや、それは薄情だと彼はいいそうだ。

（一九七〇年十二月刊　第30巻『筒井康隆／眉村 卓／光瀬 龍』の月報より）

光瀬龍の空間と時間

尾崎秀樹

光瀬龍の作品を読むとき、私はいつもつぎの寓話を思い出す。それは〈時間〉と題した短い寓話詩だ。

――とおい北のくにのもやのなかにヒンテルポムメルンとよばれる土地があった。そこに一つの金剛石の岩がたっていた。一〇〇マイルのたかさで一〇〇マイルの土地にひろがっている静謐のくろい影だ。そこに一〇〇〇年にいちど、とおいみなみのくにから、ちいさなとりがとんできて、そのくちばしをみがくため、またそのつばさをやすめるためにその岩にとまる。そのとりのくちばしによって、金剛石がすりきれ、あとかたもなくなるとき、〈永遠〉という〈とき〉の一コマがすぎる。

これはむかしからよくひかれる時間というものの相貌だが、光瀬龍のスペース・オペラを読んでいると、このヒンテルポムメルンの岩のたとえも、きわめてつましいことに気がつく。スペース・オペラの代表的な長篇である「たそがれに還る」の第四章〈星そして星々〉の冒頭で、彼は宇宙空間の茫々たる非情のひろがりと永劫の時の流れに、むなしく跡をとどめないあらゆる存在にふれて、彼は書いていた。

「茫漠たるひろがりのそこには、人の心を結べる何ものもない。永遠に近い過去から永劫の未来にかけて流れてやむことのない時の流ればかり。その永劫の中で星々は光り、爆発し、また消えてゆく。人々は七十年の生涯のあるとき、ふと星々を見てその遠きを思う。永劫の中の七十年が、いったい何を意味するのか。／この渺たる一惑星の上に生命が宿るにいたったそのいきさつはまさに運命的ですらある」

そしてかつての神話にかわる新しい科学の頌歌としての、原始の生誕の物語をはじめる。宇宙空間をみたす星間物質の微細な粒子が、何十光年、何百光年の距離をわたってきたかすかな星の光によっておされ、目にみえない速度で動き、そして人智を絶するようなボー大な時の経過のはてに、一種の吹きだまりをつくり、万有引力の法則によってたがいに引きあい、雪ダルマのように成長してゆく。長い時の流れを経て、収縮された中心部の温度は加速度的に上昇し、水素核融合反応をおこす。

物質からエネルギー、エネルギーから物質へのかぎりない転換がくりかえされるが、その中において人間は、なんとまた微細な存在であることか。宇宙の時間の中では、百億年も千億年も、ほんの一瞬にすぎない。

こんなことはスペース・オペラを専門とするSF作家にとっては、ごくあたりまえな認識なのだろうが、光瀬龍はさらにもう一歩すすんで、その宇宙空間の時間の流れを、現代から未来へ向かってとらえるだけでなく、未来から未来を描くということをやってのける。しかもこういった時間軸の悠久性は、彼の中にあってはもうひとつ、過去に向かっても作動し、歴史を現在において描くだけでなく、歴史的な過去を未来からつかむといったことも、造作なくやってのけるのだ。その意味では、彼ほど時間の魔術師はいない。

未来から未来をつかむということは、口でいうほどなまやさしいことではない。それを可能にするのは、光瀬龍の頭のなかに、ビクともしない未来ビジョンがあるからだ。彼の抱く〈星間文明史〉はみごとな構図をもっている。彼の発表したスペース・オペラには、「ナニナニ××××年」と題したタイトルのものが多いが、それらの短篇と、長篇とは、全体と局部のバランスをしめしており、矛盾撞着するところがない。それだけに私たちは安心して、彼の描きあげる未来世界に夢を飛翔させることができるのだ。これは彼の宇宙観であると同時に、また人間観であり、さらに運命観だといってもいい。永劫の時の流れをふりかえって、人間の微小な存在に思いをはせたとき、人々は運命論者となるのを避けることはできない。

ハードな世界を語りながら、そこに東洋的な輪廻思想を介在させているところに、光瀬龍の作品の味があるのだ。仏教的な諦観とはことなり、虚無の深淵と知りながら、しかも歩きだそうとする意識が、独自な哲学思考をつくり出す。彼の文体がもつ特異な味わいは、有限の次元から無限をみる視点を逆にして、無限の流れから有限の個をみるところに培われるものだ。

彼の作品に登場する人物は、仮の姿であり、滅びを内部に秘めている。むしろ彼が描こうとする作品の主人公は、時間そのものではないのだろうか。

私が光瀬龍を知ったのは、今日泊亜蘭の「光の塔」の出版記念の時だった。私はその会を準備するために、彼とホテルの調理場などをみてまわった。ホテル・オークラなどは予算がたりなくてダメ、たしか私学会館に落ち着いたと思うが、私と同世代の彼が、動物学を学んだ高校の生物学教師で、その後哲学科に再入学して、仏像彫刻やシュールの絵画に関心をよせるようになったことも、そのあとで聞いている。
私も理科系の学校に学んだので、なんとなく親近感をもち、彼の作品を読むようになった。チャンバラ専門の私は、第二次大戦の戦車隊と、関ヶ原の際の鎧武者が、時間のズレのために入れ違ってしまう「不良品」という作品にひかれ、元寇の役のSF的解釈である「弘安四年」や和泉式部の出てくる「いまひとたびの」を経て、「寛永無明剣」にいたる時代SFも愛読した。しかしいずれにもまして、私は時間の探究者である光瀬龍に脱帽したい。

尾崎秀樹

（一九七〇年十二月刊　第30巻『筒井康隆／眉村 卓／光瀬 龍』の月報より）

安部公房さんのことも入ってます

石森章太郎

……というタイトル通り、ボクの生活の中のSFに関する部分を、思いつくままに書かせてもらおうと思います。となると、とにかくまずソレとの出合いが思い出されますので、その辺から……。

海野十三が始めでした。小学三、四年の頃だったと記憶します。父が買ってきてくれた「火星魔」という単行本……。後に戦前の「火星兵団」を改題したものと判明しましたが、勿論その時はそんな事はわかりませんでした。とにかくナンテ面白い本だろうと感激し、後篇の出版を首を長くして待ちました。そうなんです。前後篇二冊に分れておりました。後の方のタイトルは「火星魔人」。今考えると、紙も印刷も、そして製本も、実に粗末な本でした。ですから一、二度繰返し読むうちにバラバラのボロボロになりました。それを二冊併せてとじ、自分で表紙を描いてつけて（挿絵は確か飯塚羚児氏だったと思います）大切に本棚に飾りました。根っからの無精者、を自他共に許すボクがこんな事をしたのは後にも先にもこの本一冊限り、という事実を見ても、ボクが如何にこの本に魅せられていたかがわかると思います。田舎の家に帰れば、まだ何処かにこの本がしまってある筈です。

話が少々横道にそれますが、現在の〝病〟にも似た読書癖（ナニシロ活字に目を通さないと眠れないのです）と、この頃——終戦間もないこの頃の出版状況（粗末な紙や製本、〝兵団〟なる戦争に関係のある言葉を改変しなければならなかった事情なども含めて）とは、自己流の解釈ではありますが、どうやら切っても切れないものがあるように思えます。ボクと同年代の方なら、誰方にも墨を塗った教科書の記憶をお持ちでしょうが、その黒い部分への欲求不満が、現在まで尾を曳いているのだ、というのは少々ウガチ過ぎでしょうか？　草深い田舎町、まだラジオの台数も少なく、映画館らしい映画館もなく、勿論テレビなどというものもなかった頃、楽しみといえば本を読む事位しかなかったその頃に、満足に読める本がなかったのです。親父の本棚の世界文学全集とか日本文学全集、あるいはカントやショーペンハウエルの哲学書等々を片っ端から読み（？）漁り、理解の範疇を越えるということで益々イライラしていた頃、始めて自分にも解る自分の本を手にした喜び

――その本が海野十三だったこと――と現在が、どうも無関係とは思えないのです。

まあしかし、これはやはり横道（長くなりました）。話を先に進めましょう。

この後、人並に宇宙の果はどうなっているんだろう？　という深遠なる疑問に取憑かれ、横井福次郎「ふしぎな国のプッチャー」を経て手塚治虫へ……。そしてそれから自分でも描き始め、ＳＦはとうとう名実共に生活の一部になってしまった訳ですが――。

遂先日、某新聞に「家畜人ヤプーの劇画化」についてエッセイを書きました。（また横道にそれますが）その中で、肝心のヤプーはそっちのけで、マンガを趣味として楽しんで描けなくなってきたことをブックサこぼしたのですが、ボクにとってはＳＦもこのマンガと同様、楽しみを与えてくれるモノであれ、決して苦しむ対象にはしたくないモノのひとつなのです。ですから誰が何といおうと、ＳＦマンガ家にはなりたくないし、またそれ以上の作品を描く意欲もありません。それで原稿料をもらい生活費にしているくせにナニオカイワンヤと批判されるかもしれませんが、それはまた別問題。とにかくボクはＳＦは（マンガも）ファンとしての席を立つ気は毛頭ないのです。

――現在まで（もとに戻ります）特に感銘を受けた作品は（ボクにとってＳＦはどれもこれも面白いのですが――この辺どうもカッコが多過ぎますナァ）、Ｊ・フィニイの「盗まれた街」R・ブラッドベリの「火星年代記」A・C・クラークの「幼年期の終り」R・A・ハインラインの「夏への扉」、そして勿論海野十三の「火星魔」小松左京の「果しなき流れの果に」等々です。

理屈抜きに面白いものは面白いのであって、好みを分析しても始まらないのですが、ボクの場合はやはりF度の強い（詩情と解釈して下さい）モノにより魅かれるようです。

理屈抜きに面白いモノは面白い——のは、何もSFに限ったことではありません。小説というものの絶対の条件のひとつだとボクは思っています。だからそれが文学であるか読物であるか等ということは関係のないことです。例えば「白鯨」も「山椒魚戦争」も、「料理人」や「ローズマリーの赤ちゃん」も、また「未来の記憶」も「世紀の悪党ども」も「そして誰もいなくなった」「罪と罰」「アスピリン・エイジ」「砂の女」も……面白いものはやはり面白いのです。SFとは何か？　逃避の文学、可能性の文学？　そんなことはどうでもいいことです。面白いこととそれ自体が、高貴や難解と同様にひとつの立派な価値を持っていると思います。近頃の〝文学〟にしろ〝小説〟にしろ、その条件を忘れているものが余りにも多いような気がするのはボクだけでしょうか？　そういう意味で〝虚構〟（つくりもの）の面白さを最大限に理解し、小説らしい小説を書いている人の一人が安部公房さん（やっとでてきた）ではないかと思います。

ある仕事で安部さんとお会いした折に、その〝いかにもつくりものらしいつくり方〟を、デビュー当時、某評論家にクソミソにけなされたが、今では支持者が増えて、本は確実に売れる、という意味のことをおっしゃっていましたが……正にその通り。面白いから読まれるのであって、その〝価値〟はためにする〝評論家〟ではなく〝読者〟が定めるもの、それが小説であり、ＳＦもまた然りです。

（一九七一年五月刊　第27巻『安部公房』の月報より）

石森章太郎

ヴォクトを読んだころ

都筑道夫

どんな読書でも、ひとつのイクスピアリアンスには違いないが、SFの場合は、とりわけその感が深い。

見合をして、その相手がひと目で気に入ったような、という比喩では、明るすぎる。童話に出てくる赤い靴、それを履くと一生おどりつづけなければならない靴を、なかば魔力に気づきながら履きかけたような、という比喩は、こんどはロマンティックすぎて笑われるかも知れないが、とにかく、なにかただごとでない刺激を、私は初めてのSFから感じたものだ。経験あるいは体験という日本語だけでは、こころもとなくて、どうしてもイクスピアリアンスといいたくなるような感じだった。

推理小説の場合は、読みはじめたのが小学生のころだったから、ごく自然にずるずると読みつづけて、現在におよんでいる。死ぬまで、縁はきれないだろう。SFのほうも、黒岩涙香の「破天荒」とか、押川春浪の諸作とか、世界大衆文学全集本のウエルズ、ヴェルヌとか、海野十三の「地球盗難」その他とか、久生十蘭の「地底獣国」とか、小栗虫太郎の魔境小説とか、それらしいものを、かなり読んではいた。

けれども、ここでいう最初に読んだSF、アシモフの「銀河帝国衰亡史」ウインダムの「トリフィドの日」ヴォクトの「スラン」などは、まるで違う感じがした。それらを読んだのは、平井イサクのセレクトでSFを出しはじめた室町書房という出版社が、平井君と衝突してしまって、あとを宇野利泰さんと私に依頼してきたからで、作品選択のために泥縄式に買いあつめ、読みあさったのだった。ノーム・プレス版「銀河帝国」の表紙の毒毒しく色どられた宇宙船の絵が、いまでも目に浮かんでくる。乱歩さんのエッセイで想像だけはしていたが、こんな新種の小説があったのか、と思って、読んでいった。

室町書房のシリーズは、セレクトがすまないうちに立消えになってしまったが、ミステリといっしょに、SFの原書も買う習慣は、そのまま残った。推理小説のほうでは、そうとう桁はずれの作品が出てきても、動じないようになったけれど、SFはいまでもイクスピアリアンスだ。サミュエル・R・ディレイニイや、ロジャー・ジラズニイといった新人たちの作品には、見知らぬ土地に旅したような新鮮さを感じる。

その代り、どういうものか、ＳＦのほうがストーリィを早くわすれる。ひどいときには、読みおわったとたんに、わすれている。要するに、理解できなかった、ということなのかも知れないが、そうは思いたくないから、理屈をつける。ＳＦの小説世界は、作者がすみからすみまで個性をゆきわたらせて、創造したものだから、ただ単に家という言葉をつかった場合でも、そこに個人差が反映して、無意識に読者に対してバリケードをつくるらしい。だから、読者は完全にその世界を所有できないで、抽象的な印象というか、おもしろかった、つまらなかった、という記憶だけが残って、話の経緯は頭脳にとどまらないのだ、と。

これは屁理屈に近いだろうが、正直な話、このひとたちは読者の持つイメージを、どう考えているのだろうか、と思うことが、ＳＦにはしばしばある。作者はある描写をするときに、自分の持つイメージと百パーセントおなじイメージを、読者にいだいてもらおうとして——せめて近似値をもとめようとして、結果をたしかめようのない苦労をするものだと思うが、最近のＳＦ作家には、それを最初からあきらめている、あるいは、ぜんぜん気にしていないらしい場合が多いようだ。

まったく現代小説のように、事物の名だけを投げだして、ヴィジュアルな描写をしない。そんな描写に力をそそいでいると、古風なSFになりかねない、ということはわかるが、私のように視覚型の記憶——言葉を記憶しないで、言葉によって想起された画像を記憶していく人間には、おぼえていられない小説が多くなるわけだ。

そこへいくと、ヴォクトは自分のイメージを、読者につたえようとして、かなり努力をしている。この巻に入る二作を読みかえしたくて、校正刷をとどけてもらったが、読みとおす時間がなかった。だから、記憶を新たにすることが出来なかったが、私の頭に残っているいくつかの画像は、まだ鮮明だ。ヴォクトは難解だ、というひとがいるらしいが、私にはうなずけない。ヴォクトが難解だったら、ディレイニイなんかは、ちんぷんかんぷんだろう。ヴォクトの弱点は、飛躍した設定の食いつきにくさではなく、異種の生命や新しい理論と、主人公たちとの葛藤が、大衆小説の枠組をつきぬけていないところにあると思う。

そういう意味では、アシモフとともに推理小説にいちばん近いところで、ヴォクトは仕事をしている作家だろう。

（一九六八年十二月刊　第17巻『ヴォクト』の月報より）

ブラッドベリ雑感

三木　卓

　ブラッドベリというと、わたしは、アメリカの小説家だな、と思う。それも、機械文明の先端といった感じのアメリカではなくて、破風のある田舎のやしきや、見なれない避雷針が闇のなかに浮びでているようなアメリカである。現代というより今世紀初頭あたりの雰囲気である。そんな時代にわたしは生きていたこともないし、第一アメリカになんぞ行ったこともないのに、その世界はひどく懐かしくうつくしい。

　戦後の飢えてやせた少年だったわたしは、当時ははっきりと意識しなかったが、アメリカの文明に本能的にあこがれていたと思う。よくハリウッドの映画を見た。コニー・アイランド、ショー・ボート、ハロウィーン祭、地方の町角のアイスクリーム……そんな情景がかい間見られると胸がとどろいた記憶がある。今のわたしにはハリウッドお得意の華やかな衣裳や部屋や自動車よりも、そんな場面の方が心の中に残っているみたいだ。

ブラッドベリの作品を読むのが好きになってからもう十五年ぐらいになると思うが、やはりそんな感覚と関係があると思う。『何かが道をやってくる』などは、わたしにとってその最たるものであるが、『火星年代記』のなかのエピソードでも、たとえば「うるわしのオハイオ」という楽譜がピアノの譜面台にのっているという描写がでてくると、もうそれだけで、たちまち、戦後の少年に逆もどりしてしまうのだから他愛のない話である。ブラッドベリは、わたしにとっては、どうやらまず第一にそんな作家なのである。アメリカの小説は好きだから、いろいろと翻訳がでると読んできたが、ブラッドベリは親しい友だちのようにいつまでもつきあっている。

はじめて『火星年代記』に感動したときのことは忘れられない。わたしは大学のロシヤ文学科の学生だったが、下宿の部屋の片隅で万年床を敷いてもぐりこんでいたころである。海野十三の『火星兵団』を読んだ小学生のころからの空想科学小説（こういわなければ気分がでない）ファンだったわたしは、折から出はじめた元々社のシリーズを読みまくっていたのだった。今、もう散逸したりしているが、手もとに残っているのは、その時の『火星年代記（火星人記録）』と『人間の手がまだ触れない』である。シェクリイにはじきに飽きたが、ブラッドベリの魅力は失せない。

『火星年代記』は幾度読んでいるだろうか。通読しているのは、三、四度だろうが、ときどきひっぱりだしてエピソードのひとつを読んでほうり出したりしている。どのものがたりもおもしろいが、今のわたしには「夜の邂逅」のようなものがいい。時間のずれた二つの世界が重なって、地球人と火星人が出会う、つめたい感触はひどくかなしい。わたし自身がいきものである、ということをほんとに思い出させる。いったいこんなみごとな仕立てをどこでブラッドベリはひろって来たのだろう。あるいは、「優しく雨ぞ降りしきる」はどうだろう。このエピソードもはじめ読んだときに驚いたが、たとえば、このシチュエーションの中にわたしの知らない詩人サラ・ティースディルの詩が小道具に使われていて、これがなかなか泣かせるのである。

そして、ほんのスケッチのエピソード。「ロケットの夏」「とかくするうちに」「音楽家たち」などなど……。そしてこの火星は、二十一世紀初頭でありながら、ブラッドベリにとっては貴重でかけがえのない財産、二十世紀前半のアメリカの風土につちかわれたブラッドベリの記憶にみちあふれているのである。

もちろんブラッドベリは、のんびりとした単なる抒情派などではない。その作品の多くは、この世界の中にある、かれの憎悪するものとの烈しい戦いをしるしている。『華氏四五一度』についても、反マッカーシズムの意図があった、ということをどこかで読んだ記憶があるし、いろいろな指摘はすでになされているようだ。だから今、それをここで解説しようとは思わないが、わたしがここで書きとめておきたいのは、かれが幻想というものこそ、この世界をはっきりと見る手段であると信じて疑っていない、ということである。そして、わたしはときにブラッドベリの文学のふしぎさ、というようなことを思う。それは、かれの文学が一見調和をたもっている世界であるように見えながら、実はいささかもそうでなく逆にそういう調和をつき破って奔出するかれのイメージの恐ろしい美しさにこそ、その精神がひそんでいる、ということである。

ほんとにかれは、どこからあの非凡な力を手に入れたのだろう。あの鮮かなイメージの世界は口惜しいほどの羨望を感じさせる。かれのイメージは、多くのことをわたしたちに語るが、おそらくあれは先に要約された散文による概念など存在しはしないのだ、とわたしは思う。まず、イメージの種子がおちているのをかれはひろうのだろう。なんだかわからないが、なんとなく未知の顔つきをした種子にきまっている。そしてそれがある日、突然、猛烈ないきおいで成長する。それからかれは、それが何だったかを知るのだと思う。

あるいはかれ自身もぼんやりと養分をすわれまっくらやみになって穴のあいている自分の心をのぞきこんでいるかもしれないのである。

かれのイメージの世界からそんなことを感じるのは、それが実に自然に、しなやかにひろがっていて、観念による作為やねじまげがほとんど感じられないからであろう。それでいて、われわれは、どんなに多くのものをかれの世界から知ることだろう。それはすばらしい。それはおそろしい。そしてかれの作品のひとつを読み終ったとき、わたしは、いまひとつの体験をした、という気持になる。そしておどろくのである。

（一九七〇年五月刊　第13巻『ブラッドベリ』の月報より）

三木　卓

『トリフィドの日』に出あった日

浅倉久志

いつも赤地の真中を白く帯に抜いただけのそっけないデザインにきまっているペンギン・ブックの表紙に、えたいの知れぬ生き物のスケッチが書かれていると、なにかひどく好奇心をそそられるものである。

ぼくはその古本屋に入ったときから、それに目を奪われた。だれかのいたずら書きではないか。多少疑いを感じながら、本を手にとり、その絵がまぎれもなく印刷されたものであること、そしてその本が“The Day of the Triffids”という題名の小説であることを知った。

ぼくがＳＦという読み物にとりつかれるようになったいきさつは、まったくの偶然だった。あとになって、『トリフィドの日』という題でその本が翻訳されたとき、訳者の峯岸久氏があとがきでまったくおなじ経験を語っておられるのに、おどろいたことがある。しかし、ものの道理からいって、洋書の古本屋というところには、いつもかなりの数のペーパーバックが雑然と山積みされているものである。そして平均の法則は、たまたまぼくがその書店に入ったとき、その一冊が山の一番上に置かれるよう働いたのであった。それが本の背だけを出して棚に並べられていたり、あるいはその一時間前にだれかの手に渡っていたりするということは、いくらでもありえたことであり、その場合にはぼくはいまこんなものを書いてはいなかったであろう。そして、いまこの原稿を四苦八苦して書いているぼくは、何者かは知れぬがその平均の法則を定めた者に、感謝してよいのか恨んでよいのかわからぬ、複雑な気持なのである。

しかし、その当時のぼくは、ただその本の面白さに夢中になって読みふけっただけで、それがSFというジャンルの小説であることも、また、それがペンギン・ブックにはじめて収録された記念すべきSFであることも知らなかったし、まして、それが一九五一年に『コリヤーズ』誌へ連載されたとき、大西洋の両岸で一つのイベントといえるほどのセンセーションをまき起した小説であることも知らなかった。

いや、それをいうならば、それから十数年後の今日、この小説に範をかりたような人類破滅の物語が、テレビや子供向きのマンガでおそるべき人気を持つにいたったことを、当時のだれがいったい想像しえただろう……

もっとも、いまふりかえってみると、こうした傾向はすでに当時から萌していたのである。『トリフィドの日』の爆発的な反響を見て、抜け目のないハリウッドの映画会社は、こうした題材から新しい恐怖映画を作りうる可能性に着目した。オールド・ファンなら、その頃の銀幕——いまや廃語に近いものになってしまったが——を飾った、次のような作品を記憶しておられるはずである。すなわち——

五二年　遊星よりの物体X　五三年　宇宙戦争
　地球が静止する日　　原子怪獣現わる
　地球最後の日　五四年　放射能X

もちろん、これは映画界だけの現象ではなかった。SFに関しても、それまでちょっとネグレクトされていたこのジャンル——侵略テーマ——の作品が、にわかにぞくぞくと発表されはじめたのである。

だが、こうした状況を理解しやすくするためにも、ぼくは先刻始めた個所よりはるか前に遡らなければならぬようだ。

侵略テーマのSFの母型が、一八九八年に書かれたH・G・ウエルズの『宇宙戦争』であることはいうまでもない。この作品は、克明な描写の迫真性に支えられたスリリングな冒険小説であると同時に、ウエルズ一流の文明への警告でもあった。その四年前に雑誌に発表した『人類の絶滅』という論文で、彼はこう述べている。

「われわれは、あまりにも未来に対する安易な自信に溺れすぎている。人類にとってこの一、二世代が恵まれたものであったことは、必ずしも安定した楽しい未来を保証しない……ひょっとすると、いまこの瞬間にも、きたるべき災厄がまさに跳躍に移ろうとしており、人類の絶滅が目前に迫っているかもしれない。過去の各時代に地球に君臨したあらゆる生物の歴史が示すように、繁栄の頂点はまた没落の前触れでもある」

だが、不幸なことに、『宇宙戦争』に登場するタコのような火星人のイメージは、あまりにも強烈すぎた。それから約三十年後、アメリカでパルプ・マガジンを母胎に誕生した初期のSFでは、このウエルズの遺産は大目玉の怪物《べム》という要素に重点を置いた、煽情的で荒唐無稽な読み物に堕落してしまった。そして、第二次大戦の前後を境にして、急激な質的向上を見せた第二期のSFでは、それまでのわるい先入観への反動で、侵略テーマへの軽視が生まれたのだった。複雑なプロットとか、精緻な科学的考察を重視するあまり、一種の閉鎖的なカルトに陥っていた大半のアメリカのSF作家たちは、ウインダムが古い皮袋に新しい酒を盛って見せるまで、この素朴なパターンにそれだけのインパクトが生み出せることに、まったく気づかなかったのである。

ここで『トリフィドの日』の物語は終り、あとはSF全体の物語になる。

またもやマンネリ化したアメリカのSFから何ものかが生まれようとは、あまり期待できない。イギリスの生んだ第二のイノベーター、J・G・バラードに率いられた〈新しい波〉の一団に、彼らの希望は集中しているようだ。しかし、その難解さが、どこまでポピュラリティを持ちうるだろうか。

SFはどこへ行くのか。その先の見通しは明るいと、いまぼくは思っている。なぜなら、まだ青年期の活力にみちたぼくたちの国のSFが、休むことない前進をつづけながら、新しい領域を切りひらいているからだ。ちょうど、あの『海竜めざめる』の深海怪物に対して、ぼくたちの国の科学者が新しい撃退法をあみだしたように。

（一九六九年一月刊　第19巻『ウインダム』の月報より）

浅倉久志

part 3

Essays on Science Fiction

Science Fiction

福島正実
佐野　洋
生島治郎
水野良太郎
小鷹信光
松本零士
石原藤夫
松谷健二
谷川俊太郎
団　精二

見果てぬ夢

福島正実

〈ハヤカワ・ＳＦシリーズ〉を出版し、ＳＦマガジンの編集をやっていた、とくに初期の頃のこと、ぼくはスペース・オペラとレッテルを貼られる作品を、殊更に避けた。ＳＦを、荒唐無稽なポンチ絵まがい、知能指数のひくい、幼児的精神状況が描きだす幼稚な妄想のたぐいと見られるのを、極度におそれていたからである。

それは一つには、ぼくのＳＦの体質についての考え方が、アンソニー・バウチャーやバジル・ダヴェンポートなどのそれの影響を受けていたためもあった——彼らはスペース・オペラを、堕落したＳＦと考えていた。そしてぼくも、その通りだと思ったのだ。ロマンチックで、ドラマチックであることを——そして時としてグラン・ギニョールであることを唯一の長所に、科学と宇宙の衣をかぶせただけの安価な大衆時代小説であることをてんとして恥じないその幼児性は、ぼくにとって許しえないことだった。

ここでいっておきたいのは、ぼくがそうしたスペース・オペラやスペース・エピック、ヒロイック・ファンタジーふうの宇宙冒険譚を、はじめから毛嫌いしていたわけではないということである。

いまでこそ、確かに、ぼくはスペース・オペラが好きではない。批評欄の担当者としてやむを得ず手にするときでも、それらのものを読み通すのはかなり苦痛ですらある。だが、それは、ＳＦを職業として読み書き編集し売りはじめて暫くたってからのことであって、はじめはやはり、火星シリーズといいキャプテン・フューチャーものといい、またスカイラーク、レンズマンなどの諸作などといい、すべて結構楽しみながら読んだものだった。

それが何故途中から嫌いになったかといえば、端的にいって飽きたのだ。その波瀾万丈でありながらどうにもマンネリな——あまりにもステロタイプな筋書きといい、主人公たちのあまりの超人的活躍と、それに見合わないあまりに精薄的知能と、単純素朴で魅力のない情緒的感受性といい——要するに、そのあまりに安手な、粗雑な、ご都合主義的な内容が、本来それらの宇宙叙事詩に備わっているはずの——そしてそれこそがＳＦの初発的原感情であるはずの——ロマンチシズムを、救いようなく損ってしまっていることに我慢ならなくなったからである。

　宇宙小説が本来的に持っている問題性を、哲学的な思想性を、文明論としての可能性を——そうした大切なすべてを、失わせてしまう惧れを感じたからである。いわゆるスペース・オペラが読まれることによって、宇宙テーマSFの全体が受けるであろう誤解が恐ろしかったからである。

　そして事実、歴史的に見ても、スペース・オペラは、その名前の由来に相応わしい害毒を、SF界全体に流してしまった。SFは、猖獗《しょうけつ》を極めたアメリカのスペース・オペラ全盛期に、荒唐無稽で、俗悪でナンセンスなポンチ絵まがいの低級な娯楽小説という焼印を、ひとしなみに押される破目に陥ったのだ。そしてその影響は今日までも尾をひき、SFをより高級な小説形式と考えさせることを、多少とも邪魔しつづけている。

　にもかかわらず——ぼくは、SFマガジンを発行して二年を過ぎた頃から、それらのスペース・オペラ的作品に、頼らざるを得なくなっている自分を発見したのだった。

　SFマガジンはその頃、発行以来最大のピンチに直面していた。発行部数は毎日のようにジリジリと低下を余儀なくされ、もはやそれ以上の後退は不能というところまで——つまり、廃刊一本手前のところまで来ていた。

この状況を打開するには、何か抜本的な方策が必要だった。ぼくはまず、それまで契約してきたMFSF誌（マガジン・オブ・ファンタジー・&・サイエンス・フィクション）との再契約を断念し、同誌の日本語版というタイトルを返上して、独自の編集方針をとることにした。そして同時に、掲載作品中に一九三〇年代から四〇年代に書かれたスペース・オペラ的作品を数多くとりいれることにしたのである。

それは、当時、ぼくにとって、一種の屈辱であった。

MFSF誌は、人ぞ知る凝り性のガンコおやじ的批評家アンソニー・バウチャーの編集になり、同誌には、それぞれ一ひねりも二ひねりもした文学的持味のつよい作品が多かった。それは、バウチャーが、アメリカSFを、スペース・オペラの害毒から救いだし、新らしいアメリカ文学の一領域としようという意気込みを、きわめて明瞭に――かつは独断的、主観的にあらわした編集方針でもあった。

そうしたいわば高踏的なSFから、一時代まえの大衆的な作品に後退することは、ぼくにとって決していい気持のものではなかった……にもかかわらず、やがてぼくは、この編集方針が、SFマガジンを、廃刊の憂目から救ったことに気がついた。返本部数は見ためにも減り、やがて部数はしだいに上昇し――いつか発刊当時のそれを取り戻し、そしてそれを越え、倍になっていったのである。

もちろん種々の理由はあげられるが、その最大のものがスペース・オペラ的作品群であったことは疑いなかった。

ぼくははじめ、それを、SFマガジン読者のSF読者としての不馴れさにかこつけようとした。SFへの初心者にとって、たしかに、スペース・オペラは単純なだけに、判りやすく、しかも年少者むきのロマンチシズムに満ちている。しかも日本のSF読者は、アメリカ、イギリスの読者が持った、ヒロイック・ファンタジーやスペース・オペラの全盛期の体験がない。そして、こうした波瀾万丈の大活劇は、理由の如何、質の如何を問わず一応人の心を晴れやかな、お祭り気分にさせるものだ。それにスペース・オペラの書き手たちの、徹底したサービス精神、エンタテナーぶりも、この現象に力あずかっているにちがいない……。

ぼくは取材記者に向ってそういい、現状分析にあたってそう書いた——そしてそれが何回か重なったとき、もう一つ、もっとも重大なことを忘れていたことに気がついた。

スペース・オペラの持っている、あの驚くべきヴァイタリティである。その、初心に戻った原初的な感情の新鮮さである。少年時代はじめて天文学書を読んで、われわれを取り巻く空間と時間の厖大さの、ほんの一端を知り得たときの、あの筆舌に尽しがたい感動と、そこから先に拡がっているであろう果しない神秘な世界への憧憬とを、そのままに持っている若々しさである。要するに、どんな文学も、まずそこから出発したにちがいない、素朴で力強い知ることと謳うこととの喜びである。スペース・オペラは、それらを持っていた。

だからこそ、スペース・オペラは、決して死んでしまうことがない。いやむしろ、SFがさまざまの理由から頭打ち現象をおこし力を喪おうとするとき、必ず不死鳥のように復活する。そしてそれは、読者のなかにつねに存在する年少グループだけでなく、SF界全体に、一つの分析のむずかしいエネルギーを励起するのだ。つまりそれは、SFにとってつねに一つの見果てぬ夢なのかもしれない。

（一九七〇年九月刊　第7巻『スミス』の月報より）

推理小説とＳＦ

佐野　洋

ＳＦと推理小説とは、親類の関係にある――と、日本では考えられているようだ。

例えば、日本推理作家協会が編纂する『推理小説年鑑』には、毎号『ＳＦ界展望』なるものが載っているし、ＳＦ作家の多くは、推理作家協会にはいっている。そして、何人かの推理作家は、ＳＦにも筆を染めている。

いや、日本ばかりではなく、アメリカなどでも、ＳＦをも書くミステリ作家は、少なくない。

このようにみてくると、たしかに、ＳＦと推理小説とは、親類いや兄弟とさえ言い得るかもしれない。

だが、果してそうなのだろうか？

似ている面もなくはない。例えば、双方のジャンルとも、アイデアの占める地位が、他の文学ジャンルより、遙かに大きいことなどもそうであろう。

大ざっぱな言い方をさせてもらえば、推理小説を書く人間には、アイデア・マンが多い。トリックにしろ、犯人の隠し方にしろ、或いは短篇の場合の〝落ち〟のつけ方――など、何らかの形で、アイデアをひねり出すことが要求されるからである。

そこで、編集者から、〝SFを書いてみないか？〟と勧められたとき、何とかSF的アイデアを考え出し、小説にしあげる――推理作家がSFに手を出す事情というのは、このようなものではないだろうか？　少なくとも私の場合などはそうであった。

ところが、私は自分がSFを書いてみて、この二つは、最も本質的な部分では、正反対とも言えるほど違うのではないか――という考えを持つに至った。二つが親類関係にあるというのは、一種の迷信である。

私は数年前、当時早川書房にいた福島正実氏に勧められて、『透明受胎』というSF長篇を書いた。いわゆる〈日本SFシリーズ〉の一つであった。

そのとき、私はSFと推理小説の融合というようなことを考えた。

つまり、処女受胎という〝不可能性〟を、推理小説の手法で追及し、それに一応の合理的な説明（謎とき）を加えようと試みたのであった。

それはそれなりに成功した、と私はいまでも自負している。〝あなたの代表作を挙げてくれ〟という質問に対しては、常にこの作品の名を挙げるほどである。

だが、それは推理小説としての成功ではあっても、ＳＦとしての成功ではなかったようだ。

そのことを、私に指摘してくれたのは、星新一であった。

「透明受胎は、結局、ミステリなんだよ」

と、彼は言った。「処女受胎、或いは、年をとらない女性――と言った謎を提出し、その謎が最後に解けて、小説が終る。ところが、ぼくに言わせると、そのミステリが終ったところから、本当のＳＦが始まるのだと思うんだ」

「終ったところ？」

「あの小説では、最後の部分で、世界中には、まだ何人ものプラハ・レディ（処女受胎によって生まれた女性たち）がいることを暗示しているだろう。佐野さんの場合は、なぜ、そういう人たちがいるかを重視しているが、ＳＦの場合は〝なぜ〟よりも、そういう女性たちが、現に存在していたとしたら……という前提にたって話を考えて行くんだ」

なるほどと、私は思った。

つまり、推理小説に必要なのは求心的思考なのだが、SFの場合は、むしろ遠心的思考をしなければならないようだ。〝思考実験〟というようなことが言われるのは、その点なのであろう。

推理小説とSFとは、親類どころか、まさに正反対のものであった。

もっとも、この場合の〝推理小説〟とは、いわゆる〝本格もの〟のことで、スリラー乃《ない》至《し》、サスペンスものの場合は、少々事情はちがって来る。

――ある三人が銀行強盗に成功した。そのことを出発点におき、三人それぞれの心理、行動などを展開して行く……という形をとれば、そこには〝思考実験〟的な意味合いも生まれてくるわけで、これは、SFの展開と同じ形になるのだから……。(銀行強盗という大前提が、現実から飛躍していないために、SFにならないのであり、〝重力遮断機〟を盗んだ三人の男とすれば、以後の物語りはSFになってしまう)

とすれば、この二つを親類と言っても、まあ、差支えないのかもしれない。

(一九七〇年二月刊　第20巻『シマック／ブリッシュ』の月報より)

さらに飛躍を

生島治郎

私がこの原稿を書いている現在、傍ではテレビが盛んにアポロ十一号の月着陸のニュースを放映している。

それを眺めているうちに、つい先日、ある編集者の言葉を思いだした。

「これでSF作家の方たちも月に関しては作品が書きにくくなったでしょうねえ。下手なことを書くわけにはいかんでしょう」

と彼は云ったのだ。

「星さんなんかも、なにかでそのことをこぼしておられましたね」

「そうかね?」

私は首をかしげた。

もちろん、彼の云っている意味は私にもわかっていた。今までは、月に関しては、さまざまな資料があるといっても、要するに、状況証拠だけであって、物的証拠を示せる段階ではなかった。その状況証拠も、専門家にとっては常識であっても、一般の読者にとっては不案内なことが多かった。もし、いいかげんなSF作家が月のことをでたらめに書いたところで、読者の方でもはっきりと誤りであることを指摘できる人はひとにぎりにすぎなかったろう。

ところが、アポロの月着陸が成功して、新聞、雑誌、テレビ等のマスコミがこの大ニュースの詳細をくりかえし報道している現在、読者の方では知らないだろうという安易な態度でSF小説を書くことは、いくらズボラな（たとえ私のような科学的知識皆無の）作家でもできかねよう。下手なことを書けば、月に関して、宇宙船に関して、投書の山が殺到したたちまちその作家を圧殺してしまうにちがいない。

そう考えると、月を舞台にした作品を書かない方が無難だということになる。多分、その編集者も右のような理由から、SF作家が作品を書きにくくなると予言したにちがいない。

それは、わかるとしても、私はやっぱり、そうだろうか？　と首をかしげてしまう。

だいたい、私とか稲葉明雄とかいう男はものごとを素直にみとめるということは決してしないということになっているらしく、稲葉氏はとにかくとして、私の方は時おり異をたてんがための異をよろこぶ困った性質があることは自分で反省しているぐらいであるから、この場合も、例の病いが出たという冷やかな眼差しでその編集者が私を見たのはむりからぬこととは思うが、この場合は私にも幾分か頭をかしげる正当な理由があった。

元来、私はSF小説は、科学的知識によって束縛されるものではなく、むしろ、それによってイマジネーションのわくをひろげられるものだという考えをもっている。このことは今までにも、何回か書いてきたから、詳述することは避けるが、要するに、科学的たらんとして、想像力の翼をしぼませてしまうのでは愚の骨頂で、ひとつの科学的な手がかりがあれば、それを土台にして、未知の世界を創造することがSFを書く楽しみだと思っている。

そのためには、その創造した世界が後になって誤りに充ちたものであることがわかっても恥じる必要はあるまい。

この論法でいくと、今度の月着陸は今までわれわれがたしかめ得なかった科学的知識を無数にもたらしてくれたことになり、つまりは作家は無数の創造の種子を手に入れたということになる。もちろん、今までのような安易な態度で宇宙船やルナ・シティのことを描くわけにはいくまいが、読者の知識をかえって武器として、リアリティのあるルナ・シティ、宇宙船、あるいは人間同士の葛藤を描くことができるのではないか？　しかも、なお、今度の月着陸によって、宇宙に対する読者の関心は増えこそすれ、減ることはないはずだ。SF作家はさらに多くの読者にアピールするチャンスにめぐまれたことになる。

科学的知識にはずれることを怖れて、SF作家がこのチャンスを見逃してしまうことのないことをSF作家たちに望みたい。

もっとも、私などが余計な心配をしないでも、月着陸というねがってもない材料をあの飢えた狼みたいなSF作家たちがむさぼり喰わないはずはないとは確信している。星新一氏などはなにかというと書きにくいだの、ネタぎれだのとコボしてはいるが、その実、無数のショート・ショートの傑作を産みだしているのだから、彼の言をまともに聞くわけにはいかない。インポだと称しながら子供のいる人間なのである。

あだしごとはさておき、アポロの月着陸のニュースは私にも大変興味はあったが、何度かくりかえしてビデオをみているうちに、すっかり退屈してしまった。ところが、SF小説の方は何回読み返しても決してあきない傑作が何十篇となくある。やはり、私には、事実よりも小説の方が性にあっていそうだ。

（一九六九年八月刊　第22巻『エフレーモフ』の月報より）

生島治郎

ＳＦ漫画の現状

水野良太郎

ＳＦ漫画は、文章で表現するより技術上の制約を受けることが実に多い。自分で描いてみてはじめてわかったのだが、本格的な、すぐれた作品が、小説ほど出ない原因を見つけた思いがした。以前、私は小松左京の「エスパイ」の漫画化を手がけたことがある。（単行本として刊行することになっていて、途中まで描いたとき出版社が倒産してしまったのでそのままになっている）この小説では登場人物がテレパシーをふんだんに使う。念力で物を動かし、破壊させ、会話をし、遠距離の透視をホイホイとやってのける。文章では納得できるのだが、これを漫画絵ときにアレンジすると、どうにもカッコがつかなくて、ずいぶん手こずったものだ。アメリカのコミック「スーパーマン」も透視術を心得ているが、あの場面の絵はなんとも味気ない。文章ではリアルに説得力ある描写もできようが、文字通りの説明図なので、開き直りそこねた絵ソラごとまる出しで、みっともないザマとなっている。

さらにまた、透明人間が登場する内容であれば、この漫画化はお手上げであろう。透明人間の心理描写が延々と続く作品など、絵にならない。漫画家が、頭の中でそんな作品を考えついたとしても文章でなければ表現できまい。

映画の場合もそうであるように、物体が具体的な行動と表現を持たなければサマにならないのだ。にもかかわらず、SFの世界はそんなことにおかまいなく、はてしない創造のひろがりを持っている。SFを絵や写真で表現できる、分担できる部分は、したがってごく一部分でしかない。漫画の数は多くてもSF漫画に類型が多すぎるうえ、SF小説家の数ほどSF漫画家がいないのはそのためだ。内容的パターンが限られる点で映画も同様である。

今や漫画ブーム、劇画ブームであり映像文化に突入時代だと世間は騒ぐ。活字の時代は過去のものになりつつあるといわれる。しかし、たとえそうであっても、SF文学は活字の世界で一番最後まで残るのではないかと思う。

人間心理の微妙なニュアンスやアヤを、端的な映像表現で的確に伝達させる技術は、文章よりも、はるかに困難な仕事だ。ひとつの映像を、千差万別十人十色に受取られたら結局のところ、何もわかっちゃいないことになる。これではストーリーの展開すらできない。代議士の放言じゃないが、作家の真意がつかめない、では困るのだ。

そんなわけで、SF漫画はSぬきFだけのような、ファンタジーやフィクションのウェイトを大きくし、ストーリーの展開とアクション場面を売りものにした作品が中心となりがち。出てくる小道具も面倒な説明のいらない電子銃やロボット、ロケットで動力は原子力ときまっている。未来の日常生活の中に実現するかも知れないシンプルなデザインの複雑怪奇な装置を持つ機械や用具を考えたとしても、その性能や使用法をいちいち漫画の中で具体的に絵で説明しなければならない。救いがたいほど面倒な作業となるのだが、その辺の処理を、横井福次郎は「ふしぎな国のプッチャー」でスムーズにやってのけている。つまり文章を借りたのだ。この漫画は今はやりの劇画スタイルのコマ割りではなく、絵と文からなる漫画絵物語の形式であった。次々と奇抜な珍装置や武器が出てくるこの作品は文章表現を借りなければ説明できなかったし作品としても密度の濃いものとして成功しなかったであろうと思われる。その点から考えれば、手塚治虫「鉄腕アトム」には意表をつく新兵器や珍装置を見ることはできない。ロボットの少年が主人公であり、漫画史にも例の少ない大長篇作品であったにもかかわらずだ。ＳＦ漫画に於ける科学性は、一般的に申しわけ程度の調味料であり、科学的な裏付けも実のところあいまいで、どうかすると非科学的な科学性であったりする。これぞ空想科学！

数十頁もの長いＳＦ漫画と称する作品のＳの部分は、放射能で突然変異というたった八文字で片づけられたり、忍術もどきの漫画を描いて、テレパシーとハイカラな呼び方にしただけであったり、画面の中に数本の試験管とフラスコを置いたテーブルを描きこんだだけでＳＦを自称したりするその程度なのだ。いずれも内容はＳＦのＳの字が泣きたくなるような連続アクションの大活劇。マッド・サイエンティストやマッド・ドクターにロケット、ロボット、宇宙人が入りみだれての大乱闘を演じる。イージーといえばそれまで。大人の観賞にたえ得る作品が期待できないというより「次元の低いＳＦ」のイメージ作りに積極的に参加してきたのは事実である。

スーパーマンやスパイダーマン、バットマンやバック・ロジャース、フラッシュ・ゴードンがＳＦ漫画の典型のごとく言われてはいるが、ＳＦ風の衣を着たアクション・ファンタジーと見るべきであろう。ＳＦ小説がデタラメ冒険活劇小説から、第一級の文学作品を生み出すまでに成長発展してきているのに、表現にハンディがあるとはいえ、ＳＦ漫画の質的貧困は淋しいことだ。

「プッチャー」と「アトム」の二点を抜くSF漫画を、私は世界のどこにも見つけることができない。

SFといえば未来社会か宇宙が舞台になりがちだが、現代のこの地球を舞台にしたSF漫画も数少ない。小松左京や眉村卓、星新一の諸氏が漫画家でなくてよかった、筒井康隆氏の描くマンガが愛嬌のうちでよかった、などといってられない。私自身も含めて、この辺で漫画家諸兄の奮闘をうながし、プッチャー、アトムに続く中味の濃いSF漫画がボチボチ現われてしかるべきというところ、ですかな。

（一九七〇年九月刊　第7巻『スミス』の月報より）

未来社会の犯罪学

小鷹信光

未来社会における犯罪をテーマにした小説を書いてみたい。未来といっても、そう遠い先の未来ではない。五十年か、長くて百年先の話になるだろう。幸いなことに人類は大きな核戦争を回避することができ、核開発、電子工学を軸にした物質文明、情報化社会はおそらくいま人間が予想し得る以上の次元に達している。この未来社会で、犯罪はどのような変質をとげているだろうか。愛や憎しみ、欲望や欲求、意志や意志力はどう変っているだろうか。

なぜかまず心に浮かぶ情景は刑務所である。おそらく二種類の刑務所が存在するだろう。一つは、犯罪を犯したものを収容する刑務所であり、もう一つは、犯罪を犯す可能性のあるものを事前に社会から隔離する強制収容所である。前者は現在よりずっと規模も縮小され、矯正、洗脳による社会復帰を目的とした治療機関になっている。死刑制度は原則的に廃止されている。懲役刑、死刑といったみせしめの刑罰は既犯者には適用されない。むしろ重い刑罰が科せられるのは、後者に隔離・収容される未犯者である。

犯罪を犯す可能性のあるもの、とはどのような人間をさすのか？　犯罪といってもこの未来社会には大別して二種類の犯罪が存在する。発作、激情、愛憎といった精神病理による古い型の犯罪と、社会構造そのものに反発を示す社会犯罪型の二種類である。古い型の犯罪は衰えかけている。特定の方向づけをもった教育や必要に応じて幼時におこなわれる脳手術が、普通人の志向力、情操、知能、欲求などの画一化を徹底させ、成人の多くは自分の行動や欲求を電子計算機にきめてもらうようになっているので、生理的な発作や感情に左右された古い型の犯罪は極度に減少しているのである。この網の目からこぼれた社会的落伍者、心身障害者、変質者、宗教的・哲学的・人生論的離脱者などの群が、まず潜在的犯罪者として、既犯者とともに詳細な名簿に登録されることになるだろう。自分は次に何をすべきか、何がしたいかを、電子計算機にたよらずに決めようとする運動家、主義者、知識人、芸術家などのうち、革命的、無政府主義的、精神的、扇動的、活動的、反抗的、狂人的なものたちは、そのように類別されて潜在的犯罪者名簿の大きな網のなかにかけられている。

未犯者のすべてがただちに社会から隔離されるわけではない。社会の秩序と調和を乱さぬ範囲内で、よく計算された枠の中での自由は許されることになるだろう。本人たちがそのことに気づかないだけなのだ。言論・出版の自由、報道の自由、集会の自由も当然この枠の中で保障・運用されている。新聞の投稿欄に似た性格のささやかな市民感情のはけ口の場ものこされている。人々の目に触れるものはすべて創作なのだが、誰もそれに気づかない。実際の投稿者の名前は、内容ごとに類別されて未犯者名簿に自動的に登録される。このような些細な違反点数がかさなって、さらに年数回世論調査の名のもとに定期的に実施される社会忠誠度試験で大きく加点されると、とつぜんまだ現実に何も罪を犯さぬ前に未犯者の宣告通知をうけ、社会から隔離されることになるのである。生後一年未満で犯罪予防局の電子計算機の警報装置が鳴り響き、隔離・収容される新生児もいる。未来医学でも治療不可能な奇形児や突然変異による異常知能児である。各種精神薬物の開発と普及によって奇形児の数は激増し、性交管理がこの時代の大きな社会問題となっているだろう。不運にして生まれた重障児はすべて医学実験用に隔離され、生涯人の目に触れぬ世界で生きつづけることになる。未来犯罪学からいえば、醜いことはすべて犯罪であり、醜いとは正常でないことであり、正常でないとは、たとえば形状的に指が一本足りないだけでも充分な理由となる、ということなのだ。

古い型の犯罪が衰えた理由の一つは、市民生活、私生活の統制・管理が、生活にとけこんだ形で末端までゆきとどいているからでもある。昼夜をわかたず監視の目を光らせる電子の目が、人影のない路上とか、周囲から隔絶された個室という概念をまったく消滅させてしまった。どこにいても誰かに見られている。それでいて見られていることに不満をいうものもいない。すっかり馴れてしまったのだ。それでも古い型の犯罪は、電子計算機の誤差としてわずかに残る。対人犯罪より対物犯罪が重罪であることは当然だが、そのなかでも電子計算機汚損・破壊罪は最も重く、例外的に死刑に処すこともできる。

愛とか憎しみの反対語としての無感動《アパシー》という不感症状態にある多くの人たちの心からは、人間にあるといわれていた動物的な闘争本能、殺戮本能はほとんど消失し、かすかにのこった闘争心は、刺激的な遊戯や娯楽によって解消されている。愛や憎しみや欲求が個人的感情でなくなったとき、同時に人間同士の殺人行為も消滅し、古い型の対人犯罪の中で最も重くみられるのは自殺になるだろう。

この未来社会では自殺は最大の悪徳として教えられるだけでなく、極悪な犯罪として類いを数親等にまでおよぼすことになる。不運にして自殺に失敗した既犯者には絶対に死にいたらしめないあらゆる残酷な体罰が見世物として加えられる。個人的自由を一つでも認めれば、それがすべてに波及するおそれがあるからだ。未来社会の犯罪学とは、つまりいま、現在進行形の形ですすみつつあるすべての人間管理、社会統制の必須の帰結にほかならない、といえる。未来社会における犯罪をテーマにした小説が、いまこそ書かれるべきなのではないか。愛と憎しみと暴力のために。

（一九七〇年七月刊　第18巻『ベスター／ディック』の月報より）

小鷹信光

空想科学漫画的回顧録

松本零士

サルマタケという奇態なキノコがあるのをご存じだろうか。

ちょうど「マタンゴ」というＳＦ映画を観たころのことだった。下宿の押入れに古パンツの山を築いていたら勝手に生えた黄色のキノコだが、学名を何というのか私は知らない。とにかく生えた場所にちなんでサルマタケとよんでいる。その時はサルマタケがたとえようもなく恥ずべき存在で、全キノコ族を大いに呪ったものだったが、そのサルマタケで幾《いく》何《ばく》かの収入を得るようになった今、考えてみると、奴はムダに生えたわけではなかったのだなあとそぞろ懐しくなってくる。

いまのところ、サルマタケ回顧録とＳＦ漫画が私のすべてであるが、ことＳＦ漫画との出会いとなると、その発生が定かではないサルマタケとちがって、大変はっきりしている。

アメリカ兵とその連れの女性だけがやたらに身なりの立派だった頃、一見浮浪児風の私は（みんな似たようなもんだ）「火星博士」なる火星人とフクメンの怪人とロケットの出て来る漫画にめぐりあった。これが後年の偉大な虫印の本で、それや「黄金バット」「地球SOS」そして戦後再版された、SF漫画の元祖といわれる「火星探険」（大城のぼる）を手にしたこと（残念ながら手にしただけで自分のものにはならなかったが）、それこそが、遂に一生涯SF漫画ないしSF的な漫画を描こうという、ドロ沼のような天国へ私をひきずり込んだ張本人だったのである。だが実に楽しいドロ沼で、いつどこで何が出るか始まるかわからない〝センス・オブ・ワンダー〟に満ちた別世界なので、一生退屈せずに暮らせそうである。

やたらに四次元が好きな田川紀久雄という人の「幽霊博士」「怪星襲来」、知る人ぞ知るモリミノルなる怪人のモノした、キシベンコ・イチロウィッチとかいう気になる名前の人物があらわれる「大地底海」、「ロストワールド」「月世界紳士」「有尾人」、いわずと知れた手塚治虫の虫印の偉大なSF漫画が、まるでパノラマのように私の心にいまも強く焼きついている。いや焼きついているだけではない。同年代の男にとっては遠く過ぎ去った少年の日の思い出にすぎないそれらの名作・迷作を、いまもって私は手元に保存してある。パンツの山を築きサルマタケを生やした私にしては奇跡的な事実で、我ながら、よくもこのペラペラの古びた漫画本たちが生存しつづけていたものだと変な気になる時もある。なにしろ命より大事な宝物だから、これをどうにかした奴はブチ殺してやろうと考えていた。いままで共に暮らせたのは、その甲斐あってのことかもしれない。右を見る左を見る。たしかに彼等はいる。私のまわりにいる。実に嬉しくて気が狂いそうだよ……

そのほか他人は笑うが、もげたメーターとかネジだとか金属を加工した物体に抵抗力が弱く、拾ったりもらったりして集めた、私にとってはSF的イメージを盛りあげる〝素〟となるガラクタが共存している。

私は、そういったSF漫画の戦後史が出来るくらいの古本と金属のガラクタをフトンのまわりにならべて寝る事がいまでもよくある。どっちへ寝返りをうっても、どっちへころがっても〝夢〟がそこにあるのだ。

何よりも誰よりも私は幸せだと思う。恐竜が、大地底人が、怪星バグア人が、幽霊博士が、キシベンコ・イチロウィッチが私を見ている。まだみんなそこにある。そこにいる。

いつまでもいつまでもいてもらいたい。

（一九七一年八月刊　第4巻『ガーンズバック／テイン』の月報より）

松本零士

ロボットの奉仕と反逆

石原藤夫

カレル・チャペックの名をきいたとき、まず思いうかぶのは、ロボットであり、『R・U・R』である。

人造人間に〝ロボット〟というすばらしい名称を与えたのがチャペックであるという事実を知ったのは、それほど古いことではない。SFマガジンの創刊まもない頃に、ロボットの特集号やSF用語の解説があり、その中で福島正実氏が解説しておられたのをすこしあとになって読んだときである。その後、一九六四年の夏に、同じSFマガジンの増刊号に深町真理子氏の訳で『R・U・R』がのり、これによって、ロボットとチャペックの関係がよりいっそう、つよく印象づけられた。

チャペックがロボットなる用語をどういう動機で採用するにいたったか——というその

経緯については、鎮目恭夫氏編の『機械と人間との共生』(平凡社・現代人の思想22)にくわしい紹介がのせられた。

とくに、チャペック自身がのべている、ロボットという言葉の起源についての説明は興味ぶかかった。

むろんこの『R・U・R』は大正十三年にすでに築地小劇場で上演されているので、一部の人たちにとっては目新しいものではなかったろうが、一般の人々にとくに注目されるようになったのは、戦後自動機械についての理論や思想がポピュラーとなって以後のことのように思われる。

筆者の場合はSFを介してロボットの語源を知るようになったのだが、かなりの人たちは、サイバネティックスやオートメーションの解説書を通してであったかもしれない。

本書には収録されていないが、未読の方はぜひ眼を通しておかれることを、おすすめする。

チャペックの作品の中でも、現代にもっとも大きな影響力をもったものだからである。

ロボットの語源については知らなかったが、ロボットという言葉そのものは、戦前——子どもの頃からよく聞いていた。とくに記憶にのこっているのは、「人間とまったく同じロボットができたときが、すなわち人間の滅びるときだ」という父の説である。小学校二、三年の頃聞かされたのだが、おそらく、友人から聞いた話にでもヒントを得たのだろう。昭和のはじめ頃、こういった議論がよくなされたらしい。このような考え——すなわち人間に役だたせるためにつくったロボットが、できがよすぎて、結局は創造主の上にたつようになってしまうのではないかという不安は、人間にとってかなり本能的なものらしい。

飼い犬に手をかまれる——という発想である。虫のいい考えだが、これが本当だとすると、おそろしいことでもある。人間の創造物が、意図に反して、つぎつぎに人間に反逆しはじめるのだ。ロボットの歴史をみてみると、どうやら、この不安はあたっているように思われる。

世界最古といわれるホメーロスの『イーリアス』にでてくる黄金の乙女や、アルゴ探検隊にたおされるクレタ島の青銅人間タロスは、創造主に対して従順、忠実であった。

しかし、このようなロボットの性質は、近代になって変化する。名作『フランケンシュタイン』においては、ロボットは人間に恐怖を与えるし、チャペックのロボットも人間を滅亡させることに成功する。

ビアスの『マクスンの人形』やマッケンの『装飾的妄想』においても、似たパターンが見られる。

ロボットの創造主への反逆は、今世紀に入ってからは、むしろ当然のことであるかのように、数多くの物語の中で語られた。一九四〇年代にはいって、アイザック・アシモフが、例の〝ロボット工学三原則〟をひっさげて登場し、新しいロジカルな倫理性をうえつけることによって、ロボットをふたたび創造主の忠実な補助者（または協力者）にひきもどすことに成功した。

これはたしかに、ロボットと人間の関係を正常（?）なものにすることに役だった。しかし、この正常な時代も、そう長くはつづかなかった。

戦後、現実の世界にロボットが登場しはじめるようになり、それらのロボットが、そう簡単には人間のいうとおりになってくれないことが、わかりはじめたからである。

省力化、オートメーション化のためのロボットは、ときとして労使紛争の原因となっている。

高度に自動化されたシステムは、いつのまにか人間の手のとどかない怪物に成長し、予想外のトラブル（ニューヨークの大停電を思い出していただきたい。あれは、カナダとアメリカ東部とを相互結合した複雑な発送電ネットワーク——大きすぎて見えないロボット

——カヌーズのおこした、一種のカンシャク現象であった）をひきおこして、人々をあわてさせている。工業製品を大量生産する自動機械たちは、人間の欲する製品と同時に、公害の因となる物質を吐きだして、人間の寿命をちぢめている。

人々はようやくこのことに気づき、すべての自動機械たちを、システムの概念でとらえ、人間社会に益のみをもたらすように手なずけようと、努力しはじめた。システム工学の解説書が売れ、コンピュータ学校が繁盛している。

しかし、そのようなことで、問題は解決する性質のものであろうか……？　コンピュータ・システムによって代表される現代のロボットたちは、アシモフが書きはじめた頃のロボットほど単純ではない。それは、チャペックが描いた『R・U・R』の中の恐怖のロボットに、形は似ていないが、性質は、ロボットの歴史のなかでももっとも似かよっているように、筆者には感じられるのだ。

（一九七〇年十月刊　第9巻『エレンブルグ／チャペック』の月報より）

ＳＦ雑感

松谷健二

ＳＦというものは、食物でいうと塩辛に似ている……と思う。外見、味、ぬめり具合などからではない。好き嫌いについてはっきりした対立をつくりなす点で似ている、と考えるのだ。もちろん、嫌いのなかには食わず嫌いもはいる。食いものならば話は簡単である。「塩辛か、おれはすかんな。よかったら食ってくれよ」「さようか、こんな美味いものがダメとはねエ、では遠慮なく」――よく飲みやでこんなことをしゃべっているのがいる。ところが、これが文学の一ジャンルとしてのＳＦとなると、空気はまるでちがってくる。殺気だつのである。腸でこなすものと脳でこなすものと、さして差はないだろうと思うのだが、どうもそうはいかぬらしい。ＳＦマガジンの〝てれぽーと〟欄でもしばしばお目にかかるが、「おれはＳＦを熱愛する。だが、ほかのやつはそれをせせら笑う。ちくしょうめ、それでもおれは……」調のものがある。ま、いいではないか。そうメクジラを立てたもうな。カレーライスかライスカレーかで核ミサイルの赤ボタンを押しかねないホモ・サピエンス（正確にはホモ・ノット・ソー・サピエンス）のことだ。ＳＦ人（自称つきでも）だけでも、スーパーグローバルに考えなければだめというもの。

けれども、である。ＳＦには本来体質的に特殊社会を形成する傾向があるようだ。よくＳＦとならび称される推理小説の場合、読者層は厚い。したがって塩辛論をもちだすまでもない。思いがけぬところに推理小説のファンがいても、世間はもはやあやしまない。だが、ＳＦの場合はちがう。まだちがう。「わたしは未来学者でして」というのと、「ぼくはＳＦファンです」というのでは、世間のうけとり方がちがう。だからといって、ＳＦの市民権を確立しよう、確立すればそれを拡張しようというのでは、話はもとにもどってしまう。推理小説の場合、読者層は厚いとはいっても密度はうすい。もしくは不安定である。団地の票のようなものだ。それがＳＦでは事情が異なる。層が固定して密度が濃いのだ。浮動票ではない。一度ＳＦにとっつかまった者の意識には、たとえ長短のインターヴァルがあっても、ＳＦへの忠誠を秘めた一画が残っているものだ。そういう者とそうでない者のちがいは、生まれる前の染色体の構造あたりに関係があるのかもしれない。むかしぼくは、すてきに面白かったSFの訳稿をごく親しいなん人かに見せたことがあったが、彼らの評価が全然マイナスだったことに驚き、がっかりもしたものだ。しかし、いまではがっかりなどしない。音楽でも、たとえばワグナーやマーラーなど、好みが評価となって、まっぷたつに分かれるではないか。おおよそ人間さまの世の中とはそうしたものらしい。

とにかくわれわれのような人種にとり、SFとは恋人のようなものである。恋人のまわりに集まる人間はすくないほどよろしい。生きて暮らしているのが実社会なのだから、SFのいわゆる啓蒙、いわゆるPRも必要なのだろうが、本心はこういうことにしておいたほうが、かえってジャンルの独立性を守るのによさそうだ。

ここからの連想だが、ぼくは山が好きだ。だがこのごろは山のPRが効きすぎているのか、登山人口がまことにすさまじい。山の雑誌がSFマガジンの二倍以上（もちろん重量で）ありそうなのに定価は同程度という事実が、その辺の事情を数字的に示している。そこでぼくは、二倍すれば九十に近いという年齢ではあるが、混雑する登山道を避け、沢ひとすじに精進している。沢には道がなく、人がいない。その代わりに滝がある。滝のわきの岩を登る。傾斜によっては、ふと首を下げると、自分の両脚の間からはるか下方がまっすぐのぞまれてぞくりとすることが始終ある。こわい。転落の光景などが頭をかすめ、次のホールドやスタンスがどうにも信頼できないものに思える。そんなときは二、三度深呼吸をし、ま、SF的発想を試みるのだ。

たとえば、携帯用反重力装置があれば、こんな所も安心なんだがな、しかし、スリルがなくなる。岩のきびしさがなくなる、そいつは考えものだ、やっぱりここは……

このあたりで心も落ちつき、登りつづける。ホールドもスタンスもしっかりしている。こういう場合、推理小説的発想なるものが存在するのかどうか、ちょっと見当がつかない。するとすれば犯罪の手口なのだろうが、あまりいただけぬ。

滝の上へ出て一服するうちにも発想はつづく……岩登り用反重力発生装置が開発されたら、ザイルやハーケン、カラビナのメーカーは店じまいということになるかな、いやいや、ごつい山男どもはそんなものをバカにしきって、昔からのやり方で登るだろう、すごい大論争がつづくな、しかし、大勢はやはり新しいほうへかたむくだろう、それが世の常だ――そうなるとテクニックも全然別のものになる、スイッチを入れたまま登れば、反動でからだが浮いてしまい、かえって危険なことになりかねない、踏み外したときにはじめてスイッチを入れるようにするべきだ……さて、のんびり空想にふけっていると明るいうちに尾根へ出られない、と腰をあげる。楽しいものである。

どうも推理小説にメクジラを立ててしまった感がある。やはりホモ・ノット・ソー・サピエンスか。

附記。ぼくは実のところ塩辛が大きらいなのであります。

（一九七一年八月刊　第4巻『ガーンズバック／テイン』の月報より）

由無し言

谷川俊太郎

禅のいわゆる〈悟り〉といわれる心身状態がいったいどういうものなのか、悟ったことのない私には分らないが、たとえばコンピューターのアナロジーでいうと、悟りを開いた人間の頭脳＝心の回路には、おそらく将来の科学なら追跡可能の一大変化が起ってるのであろうことくらいは臆測できる。悟った状態は悟らぬ状態より高度なのか、或いはまた幸福なのか、いわば悟りの得失はいったいどうなのか、こんな発想こそきっと最も悟りから遠い妄想なのであろうが、私の気持は向上心より好奇心（それもおそるおそるの）に近く、長い厳しい修行によってではなく、ちょっとした外科的手術か、または薬物によって一時的に悟りを開いた状態を得られるならば、そうなってみたいとも思う。

何故そんな及び腰なのかといえば、正直云って私には悟った状態が怖しいのである。悟りにももちろん深浅の段階はあろうが、いったん悟った人がまたもとの俗に戻ったという話はないようだ。あと戻りがきかないというのは気味がわるい。これも想像にすぎないが我々がたとえば、０１２３……無限大と考えるところを、悟りを開いた人は０イコールｎイコール無限大とでも考えるのであろうか。そうなった場合の我々人間の物理的宇宙に対する（すなわちつきつめたところ無限への）好奇心、憧れの如きものは、どういうことになってるのだろう。もちろんより高い次元にそういうものがよみがえるとも考えられるし、またそういう発想そのものが否定されてしまうということも考えられる。いずれにせよ悟った人間というのは、どこか少々地球外生物のような存在と化するのではあるまいか。禅の偉い坊さんたちが、いかにも言語を不自由そうに、まるで全く自分たちにふさわしくない道具のように扱っているのを読むと、そんな感じがする。

自分勝手に巨視的に眺めさせてもらうと、悟った状態も悟らぬ状態も、相対的なものであると私には思える。だから私はそれらを比較したい。たとえば死の恐怖ということにしても、それがあるのとないのとどちらが人間にとって好もしいかという問題は、思ったより簡単に答の出る問題ではないかもしれない。今、人間は死に恐怖をおぼえる存在だから、死に対する恐怖をなくしたいと思っているが、それがなくなってみると今度はもういちどそれをとり返したくなるかもしれないのである。

だがそういう風に、（正に悟りを知らぬ人間として）想像をたくましうしてゆくと、どうしてもユートピアという問題にぶつかる。現在我々には自分たちの世界にいろいろな不満をもっているけれど、それじゃおまえの考えるユートピアとは何かと開き直られると、これまたなかなか答えるに難しいものなのだ。ユートピアへの方法論は論外としても、ユートピアそのもののイメージがすでに無明のうちにある。一応誰でもすぐに考えつく〈すべての人間が幸福である世界〉というものにしても、人間にとって幸福とは何かということをぬきにしては語り得ない。一方の極に幸福とは心的状態なのだから、いくら物質的には貧しくとも幸福はあり得る（それこそ薬物によってでも）という立場があるだろうし、他方の極に幸福の第一条件は完備した衣食住にあるという立場もあり得よう。その後者の場合も、人間の欲望の制御という点では、前者とかかわっている。

さしあたっては、全世界に戦争がなくなって、国境もなくなって、公害を伴わぬ科学が進歩発展をつづけ、世界語が通用し、各人が好きな土地で、最少の労働をし、余暇の創造的行為に生きがいを見いだすというのが目標の如きものになってるようだが、そんなことで人間に内在する〈悪〉が制御されるとは考えられないし、世界中の老幼男女がみんな日曜画家や日曜詩人みたいになってる図というのもいささか嫌味である。営業妨害だなどとめくじらをたてるわけではなく、そのころには全人類が詩人になっていても私としてはちっともかまわないのだが、すべての人間が幸福に近く、しかも地球上の文化が単一のものに近づいたそんな状態で、はたして個人はいかなる資格によって個人たり得ているのか少少おぼつかないだけである。つまりユートピアは実はデトーピアであったということもあり得るのだが、その時には我々自身の感受性も幸福観も変化してしまっているだろうから、それはそれでかまわないのかもしれない。

こんなのは幸か不幸か今はまだ空論もいいところである。我々はまだはるか以前の段階で、何かめざす所は殆ど同じようにも見えるけれど、それへ到る道でなんとか主義、かんとか主義と云って殺しあっているのである。気宇壮大なサイエンス・フィクションはそんな我々にとって、おそらくはかつてのギリシャ悲劇にも似ると思われるカタルシスを与えてくれる。けれどほとんどの作の、中心をなす暗黙の前提は、現在も未来も人間には人間独自の昔ながらの業があるということであるように私には思われる。情ないことに、それなしではS・Fといえどもそのリアリティを(文学としても、娯楽としても)失うのである。つまりどんな未来的な小説も、そのリアリティの基盤を現在におかねばならぬという逆説からS・Fはぬけられない。としてみると、無責任な云いかただが私には〈悟り〉などというもののほうが、時にはよっぽど、S・F的に思えたりもするのである。悟ればすべての業が消滅するとは思わないけれど、悟った人間の目に映る世界は、きっとひどく新鮮なものであるにちがいない。新鮮であるが故に、それは現在の言語体系をもってしては表現し得ない。同じようにほんとうに新しいS・Fもまた、書かれざるS・Fであるのかもしれない。

（一九七〇年七月刊　第18巻『ベスター／ディック』の月報より）

星の海を超えて

団　精二

儀式は人を老化から救う。それもとくに、その儀式が、長く胸に秘めてきた大きな期待を現実のものにしてくれる場合はなおさらだ。そしてぼく自身についていえば、毎月海外から郵送されてくる古書カタログと書籍小包を郵便箱から取りだす瞬間こそ、その儀式ということになる。

高校生になったころから神田あたりを回って、ＳＦ関係の洋書をぼつぼつ集めだした。もう八年近くも昔の話だが、その当時は不思議にＳＦ古書がなかった。捜しかたも悪かったのだろうが、いつでもあったのはバロウズのターザン物ぐらいで、クラークやカットナーが見つかろうものなら、それこそ感涙にむせんだものだ。しかしその頃のぼくは、あのウィアード・テールズというやつにとり憑かれていた。あの雑誌は、日本ではすでに幻の雑誌になっていた。どうしても欲しい。本物を、一冊でもいいから入手したい。そんな想いは年を経るにしたがって烈しくなる一方となった。

大学に入学したばかりの夏、ぼくはついにアメリカのSFファンに手紙を書いた。いま考えると、野田宏一郎さんあたりに教えを乞えばアメリカのSF専門古書店の二、三軒などすぐに紹介してもらえたにちがいないが、当時はとてもそこまで頭が回らなかった。今でも憶えている。たどたどしい英語で、ぼくはSFが好きだ、ついてはウィアード・テールズという雑誌がどうしても欲しいのだが、日本からの取引きをOKしてくれる古書店はないものか、と。するとそのファンは、なんと本物のウィアード・テールズを一冊と、懇切丁寧な古書リスト、それにウィアード・テールズの歴史までを書いた長文の返信を送ってくれた。その封書を開いたときから、ぼくの儀式は始まったのだ。星の海を超えてやってくる海外の古書小包を、期待にふるえながら開く儀式が。

もともとSF書などというものは、まず大したもうけにならないから一般の古籍商は雑本扱いにしかしない。捜しだすには困難をきわめるだろうけれど、掘りだしさえすれば二足三文の叩き値で買える。そこに眼をつけた、いうところのSFマニアが、叩き値で買ったSF書にそれ相当の値をつけて通信販売を通じ同好者に提供する。やがてそれが昂じるとSF書専門の古籍商になる。有名なアメリカのG・デ・ラ・リーやイギリスのG・ケン・チャップマン書店などは、その最たる例だろう。こうしていつの間にかSF古書は、一般の市価とまったく別個な相場を形成していく。ファンの間でこそ、やれアメージングだ、アスタウンディングだと眼の色が変わるけれど、たとえばそれを神田の書店へ持ちこんだとしたら、買い価はまず仕切り屋値段も同然に違いない。あくまでも需要供給のバランスによって市値が決まる以上、もし一般の古書店で正当な買い値をつけるところがあれば、そこはよほどの眼利きか、完全に馬鹿かのどちらかということになる。

とはいえ、特殊市場を形成していたSF古書がいつの間にか一般相場でも相当な高値を占めるようになってきたことは、ぼくたちにとって脅威である。ぼくが初めからSFの古典関係をコレクションの重点に据えたのも、実はそういう理由があったからなのだ。アメージング以前の超古典SF書と知れば、何を措いても買いまくった。おかげで大学在学中の四年間は一日として昼飯にありつけたためしがなかった。エドガー・アラン・ポオのパトロンだったJ・P・ケネディという素人作家が書いたSF的ゴシック・スリラー"Rob of the Bowl"や"Horse-Shoe Robinson"日本でも明治三十六年に翻案がでたという（未確認）イグナチウス・ドネリーの"Ceazer's Colomn"気球に乗って星を採りに行く紳士一行の冒険を描いたヒューモアSFを含むリチャード・バラムのベントリー版“The Ingoldsby Legends”(1847)、十九世紀に盛んに書かれたSF政治小説の傑作で、未来の世界連邦における両性の平等を描いたジュリアス・ヴォーゲル卿の、“Anno Domini 2000”(1890)や珍妙な新ユートピアの光景を物語る諷刺小説“A Trip to Paradoxia”(T. H. S. Escott, 1899)などの存在を知ったのも、こうした英米古書店のカタログの山からだった。もちろん、名声は日本にもとどろいているアメリカのSF専門出版社が出した限定本——たとえばノーム・プレス本やファンタジイ・プレス本など——も買いこんだが、さっき書いた十九世紀あたりの重厚なイギリス本に比べると本の作りがあまりにチャチなのですぐに飽きた。これはいつかまとめて論じたいテーマだが、本作りに関する限り、数あるアメリカのSFファン・パブリケーションは軒並み水準をはるかに下まわっていた。それにしても、こうしてあれやこれや洋書を入手しているうちに得られた思いがけない拾い物や新知識の量は決して馬鹿にならないものだと、つくづく感じる。ギュスターヴ・フローベルの〝サランボー〟が、まさかR・E・ハワードそこのけの大ヒロイック・ファンタジイだったとは、あるいはグロテスクの塊りと思っていたマチューリンの「放浪者メルモス」が、途方もなく深遠な大暗黒文学だったとは、夢にも思わなかった。星の海を超えてやってくる古書店からのメッセージは今も変わらずぼくの知識の源である。

（一九七一年八月刊　第４巻『ガーンズバック／テイン』の月報より）

団　精二

part 4

Essays on World Science Fiction

World Science Fiction

野田昌宏
伊藤典夫
榊原晃三
三輪秀彦
金森誠也
吉上昭三
飯田規和
深見　弾

アスタウンディング誌と私

野田昌宏

〈アナログ〉つまり往時の〈アスタウンディング〉は、来年、創刊四〇周年を迎える勘定になる。

古いといえば、来年は創刊四四年目になる〈アメージング〉のほうがもっと古いわけだけれど、ヒューゴー・ガーンズバックによって創刊されて以来有為天変、波乱万丈の道をたどってきた同誌の性格がそれこそアイマイモコとしているのにくらべれば、この〈アスタウンディング〉の四〇年こそはまさにSF界の四〇年そのものだと言っていいだろう。

いささか偏狭ともいえるガーンズバックのSF観がむき出しになっている当時の〈アメージング〉に挑戦するかのように、壮烈な冒険SFをつぎつぎと世に送って読者を獲得し、三〇年代末のスペ・オペ・ブームの基盤をつくった同誌は、〈アメージング〉のほうがそのブームの渦にまき込まれ、その〝大脳を切り捨て〟るまでに至ったときにはさっさとパルプから足をあらい、もっとシリアスで高度の路線を歩み始めていた。

今日活躍しているSF作家のうち、大家と呼ばれる人で同誌の編集者として三〇年になるJ・W・キャンベルの息のかからなかった人はほとんどいないといってよい。


アメリカの古いSF雑誌を入手しようとするとき、〈アメージング〉とか〈サイエンス・ワンダー〉などにくらべて〈アスタウンディング〉の入手は格段にむつかしい。とくに、同誌の黄金時代――つまりJ・W・キャンベルが第三代目の編集長として就任した一九三〇年代末頃から四〇年代中頃というのは、用紙の事情もあって発行部数もすくなかったせいか、マーケットに出る量もたいへんにすくない。

おまけに、これも用紙事情のせいだろう、他誌がこの時代を、隔月刊や、ひどいのは季刊にまでして切り抜けているときに〈アスタウンディング〉だけは月刊の線を守りぬいているため、号数だけはやたらと多い。従ってコムプリート・セットをつくることは一段とむつかしいということになるわけである。

他誌が隔月刊のとき、こっちが月刊でつづけて行くということは内容体裁の面でかなりの困難もあったのだろうが、今日くわしく検討してみても、まったくそんな印象をうけることがないのはおどろくべきことである。この頃の作品については別に述べられているだろうからここでは触れないとしても、表紙やレイアウトも抜群のスマートさを誇っていて、あれから三〇年経った今日でも十分観賞に耐える出来栄えだということはやはり特筆すべきことではないかとおもう。

たとえばアシモフの「夜来たる」だとか、ハインラインの「帝国の論理」、「時の門」などをあしらった表紙はなにかこう、わくわくするような、あのSFの醍醐味——センス・オヴ・ワンダーそのもののように思えるのである。あらゆる意味で充実した、本当によい時代だったのであろう。あの、いささか難渋な〈レンズマン〉でさえも、ちょっとジャン・マレイに似たキムボール・キニスンをあしらった表紙絵を見ただけでなにかぐっとスマートな作品のように思えてくるのである。

惜しいことにイラストはあまりよくない。

初代編集長ハリイ・ベイツ、二代目トレメインの時代にエリオット・ドルドだとかウェソロフスキー、モーリーなどといったかなりユニークな画家が活躍しているのにくらべると、この時代のイラストは格段におちる。戦時中の人材難だという風に言われているが、それは作家の方でもおなじ筈だし、さりとて表紙の方はずばぬけた出来の絵を毎月のせているのだから、あながち人材難とだけきめつけるわけにもいかないだろう。やはり、キャンベルのイラスト観ということになるのだが、表紙が表紙だけにどうも理解に苦しむところである。

それともうひとつ面白いのは、四〇年代末以降にはあれほどすてきなイラストをたくさん描いているカーティア等が、この時代には実に下手クソな絵しか描いていないことである。五〇年以降にはヴァン・ドンゲンとかシェンハーとか、独得のイラストレーターを擁する〈アスタウンディング〉だが、あのクラスの人材を養成するにはキャンベルの手腕をもってしてもそれだけの年月が必要だったのだろうか。

私がSF雑誌というのに生まれて始めて出会ったのは福岡市の場末の古本屋、昭和二十八、九年のことだが、これが奇しくも〈アスタウンディング〉の一九四八年十二月号である。カーティアのイラストに眼をみはる思いがしたのをなつかしくおもい出す。金もなく、大学の入試には何度もおっこち、手袋もオーバーもなく、いつも腹を空かし、軍靴をはいて歩いていた。たしかその〈アスタウンディング〉は十五円だった。あのみじめな日々に、いったい、なんのつもりでそれを買ったのかおぼえてもいないけれど、考えてみると、これが私のささやかな人生の転機だったわけだ。

私が、今もカーティアのイラストにひどく魅力を感ずるのはなにかそんな頃の思い出とひっかかりがあるような気がしてしようがない。

（一九六九年九月刊　第32巻『世界のＳＦ　現代篇』の月報より）

イギリスＳＦの系譜
――ウエルズからウインダムまで――

伊藤典夫

作家層の厚さ、水準の高さでは、今のところアメリカについで世界第二位を誇っているイギリスのＳＦは、言語が同じせいもあって、ともすれば大量生産されるアメリカＳＦにまぎれて見失われかねない。だが大西洋を隔てた風土や国民性の違いが、両者のあいだに微妙な差をつくりだしているのも事実である。

ヴェルヌ、ウエルズのサイエンティフィック・ロマン、またそれ以前のファンタジイは、アメリカにわたって、一九二〇年代サイエンス・フィクションというまったく新しい大衆小説のジャンルをつくりだす。その運動の推進力となったのは数えきれぬ専門誌であり、アメリカＳＦの歴史はほとんどそのまま専門誌の歴史といっていい。だが一九四六年まで自国の専門誌を持たなかったイギリスSFは、それとはやや異なる発展の経路を辿った。科学のなかに文学の新しい可能性を見いだし、それを小説世界にみごとに表現した作家H・G・ウエルズ。イギリスのSFが、彼をもってはじまることには異論はあるまい。だがこの国には、それ以前にスウィフトがいた。シェリー夫人がいた。ユートピア文学や幻想文学の豊かな土壌があった。それまで世界文化をリードし続け、産業革命にも最初に手をつけた歴史を持つ国民の心のなかには、現実とは正反対の位置に立つファンタジイに知的な、理性的な楽しみを求める余裕が、いつのまにか培われていたと見てまちがいないだろう。

『タイム・マシン』*1895、『宇宙戦争』*1898など、本格的なSFであると同時に、優れた文明批評でもある名作をつぎつぎと世におくったウエルズに続いて、M・P・シールとA・コナン・ドイルが現われる。

シールは、最後の人間テーマの長篇『むらさきの雲』**1901でいちやく名声を得たファンタジイ作家。彼の小説は古典としては高く評価されているが、時代ずれした思想と悪文がわざわいして現在では読む人は少ない。シャーロック・ホームズの生みの親ドイルは、『ロスト・ワールド』*1912と『毒ガス帯』*1913のヒーロー、チャレンジャー教授とともにＳＦ界で不滅の名をのこしている。ウエルズのような思想家である以前に小説家であったドイルは、空想力ではやや喰いたりないそのＳＦ世界を卓越なストーリイテリングで補い、ウエルズに劣らぬ人気を獲得した。

一九二〇年代の代表的ＳＦ作家として名があがるのは、Ｓ・ファウラー・ライトだろう。ライトはほかに六十冊もミステリの著書がある大衆作家だが、破滅テーマの『大洪水』**1928や、時間旅行テーマの『時を克えて』*（第一部1924、第二部1929）をはじめとして四〇年代なかばまでに十篇近くの大作を書いた。アメリカでパルプ雑誌ブームが始まり、スペースオペラが氾濫していたころ、イギリスでは哲学者のオラフ・ステープルドンが、人類や宇宙の未来を歴史風に綴った高度に思索的な作品『最初にして最後の人びと』**1930、『星をつくるもの』**1937を発表していた。この二作は小説というより、文字通り歴史書であり、その意味では内容は地味だったが、にもかかわらず彼のすさまじい想像力は多くの人びとの関心をそそった。彼にはほかにミュータント・テーマの『オッド・ジョン』1935や『シリウス』*1944があり、特に後者は彼が疑いないストーリイテラーであったことを示す証左として見逃すことはできない。三〇年代にはまたオルダス・ハックスリイの『すばらしい新世界』*1932、神学者Ｃ・Ｓ・リュイスの『沈黙の惑星より』

*1938 があり、数こそ少ないが、イギリスSFはますます実り多いものとなっていく。

一方、アメリカの市場に目をつけた新人たちのなかから、戦後のイギリスSF界をになう生粋のSF作家が何人か生まれていた。E・F・ラッセル、ジョン・ベイノン・ハリス(後のジョン・ウインダムだが、このころはまったくさえない三文作家だった)らである。彼らの特色は、イギリスSF特有の重厚なスタイルを捨て、アメリカ人好みにその小説のなかにアクションをたっぷり盛りこんだ点にある。だが本国には発表の場はなく、SFというジャンルを内から盛りあげる若い世代はまだ生まれていなかった。

大戦が終った翌一九四六年、古くからのファン、ジョン・カーネルの努力でイギリス初のSF専門誌ニュー・ワールズが創刊される。だがそれも当初から行きづまり、なおしばらく市場をアメリカに頼る状態が続いた。アーサー・C・クラーク、A・バートラム・チャンドラー、ジョン・クリストファー、ジョン・ウインダムたちが登場するのは、このころである。

しかし一九五〇年ごろからニュー・ワールズも軌道に乗りはじめ、優れた単行本を選定するSFブック・クラブが設立され、さらにアンガス・ウィルスン、キングズリイ・エイミス、エドマンド・クリスピンら熱心な支持者の手で、イギリスのSFは飛躍的に水準を高め、作家層を厚くする。ウインダムの『トリフィドの日』*1951、『海竜めざめる』*1953、クラークの『宇宙への序曲』**1951、『幼年期の終り』*1953、ラッセルの『恐るべき聖域』**1948、クリストファーの『草の死』**1956、J・T・マッキントッシュの『300:1』1954などは、この時期に集中している。

こうして眺めると、イギリスSFとアメリカSFの違いはおのずから明らかだろう。簡単にいえば「静」と「動」の違いだろうか。大衆雑誌から生まれたアメリカSFが、派手なアクションと多彩なアイデアでスピーディに物語を展開し、現実に鋭い切り込みをかけるのを身上としているのに対し、ハイブラウな文学作品を背景にして成長してきたイギリスのSFは、冒険小説の要素を持つ『トリフィドの日』にしても、筆はあくまで重厚であり、思索的なのだ。それにしてもイギリスSFのなかに破滅テーマが異常に多いのは、どうしてなのか。文明批評の好個の材料だというほかに、その国民性に根ざす奥深い理由がありそうだが、それはよくわからない。

ブライアン・W・オールディス、J・G・バラード、ジョン・ブラナー、ジェイムズ・ホワイトなどが活躍を始めるのは、五〇年なかばである。量の点でもようやく比較できるものを持ったイギリスSFは、沈滞の時期を迎えたアメリカSFに対して不満を抱きはじめる。この傾向は六〇年代にはいってにわかに頂点に達し、それまでSFが考えもしなかった未知の領域開拓の意気に燃える〈新しい波《ニュー・ウェーブ》〉を生みだす。しかしそれについては、また別の場所で書こう。（* 本全集収録。** 未訳）

（一九六九年一月刊　第19巻『ウインダム』の月報より）

バルジャベルとフランスSF

榊原晃三

現代に限って言えば、フランスのSFが、イギリスやアメリカのSFに、質においても量においても遠く及ばない、というのは大方首肯されるところだろう。だいたいフランス人の気質そのものが、人間主義もしくは人間中心とでも言えるもので、もともと人間の心の動きや、それによってさまざまな模様を描く人間生活に興味を持つ国民性なのだ。つまり小市民的《プチ・ブルジョワ》なのであって、なかなか宇宙や機械のほうには目を向けないのである。それに、フランスでは、前世紀すでに余りに偉大なSF作家を持ってしまった。言うまでもなくジュール・ヴェルヌである。

そこで今、SFを書こうとすると、どうしてもヴェルヌが書いたどれかのテーマにぶつかってしまい、勢いSFならざるファンタスティックの領域へのめりこんでしまう。

事実、フランスでは、従来SFは「ファンタスティック」のカテゴリーに入れられていて、手もとにあるアシェット社のSF叢書も「ファンタスティックな光線シリーズ」というタイトルをつけられている。そのリストを見てみると、目につくのはアシモフ、ハインライン、スタージョン、ヴァン・ヴォクト、シマックなど、外国の作家が大方で、ご本家のフランスはほとんど数えるくらいしかない。そうしたごく僅かな作家、例えばステルンベルグやドレミューなどの作風も、純粋にSFというより、やはりファンタスティックもしくはブラック・ユーモア的な味が色濃く出ているものである。こうした趨勢の中で、ちょっと大げさな言い方かも知れないが、一人万丈の気を吐いているのが、ルネ・バルジャベルである。しかし、この彼とても、その全作家生活を通して見るとき、純粋にSFだけ書いてきた作家とは言えないようだ。それにしても、まずまず現代のSF作家としてフランスが誇れるに足る作品を数々残している。「荒廃」「無謀な旅行者」「月のコロンブス」「時の夜」などがそれである。

「無謀な旅行者」はタイム・マシーン・テーマによるSFである。物理と化学の若い学者ノエル・エセイヨンという青年が、過去に再び生き、未来を開拓する能力を持つことはできないか、と真剣に考え始める。同僚のピエール・サン＝ムヌーという数学者に協力を求める。数学者は初め、人間の運命に反逆するような実験をすることに恐怖と冒瀆の観念を覚えるが（この辺がフランス的ではないか）、遂に数学的推論の結果に魅せられて協力する。

こうして、二人の若い学者は、「ノエリット」という一種の塗料を発明する。一方、グリーンの特殊潜水服みたいなものを作って、これに「ノエリット」を塗りつけると、時間の枠を突き破って、自由に過去および未来に脱出できるというわけだ。もちろん、二人の学者は、この「ノエリット」を塗りつけた特殊潜水服をまとって、実験してみる。なんのことはない、いきたい過去の一時期、あるいは未来の想定時を念じて、前へとび出せばよいのだ。

ところが、この話、これから本格にフランス的になるのである。つまり、物理化学学者のほうが第一千世紀の未来へいきたいと思い、数学者も一緒に連れていこうとするのだが、意外、数学者のほうは逆に過去に飛んでしまったのだ！——ここから、二人の青年の葛藤、というより人間が運命に反逆することへの疑問と勇気と不安のドラマが始まるのである。

もう一冊の「時の夜」は一九六八年にプレス・ド・ラ・シテ社から出版され、ＳＦの傑作として週刊誌レクスプレスでも高く評価された作品である。

だいたいレクスプレス誌の書評欄は、ふだんSFには見向きもしないし、たとえ取り上げたとしても殆ど英語圏のSFである。それが、この「時の夜」に限って一枚看板でやったのだから、その評価のほども知れよう。

さて、これは南極の氷の中に埋ずまっているレリーフを捜しにいくフランス探検隊の話である。この地点の氷の厚さは千メートルに及び、その底の地層は九十万年以前のものである。ところが、発掘が進むうちに、とんでもないことが起こった。探知器が氷の下に埋ずまっているらしい発信器の電波をキャッチしたのだ。この信じられないニュースは世界にとんだ。「南極のミステリー」「氷の下から都市が出現か」「氷山の下に人間の鼓動」……と。

この氷の下のミステリー発見が、話のたて筋になっているのは言うまでもないが、（ミステリー紹介の作法にならって、その経過および結果は省略しよう）その結末はまた、「世界終末テーマ」とも結びついている。レクスプレス誌の書評子などは、これを「世界終焉の黙示録《アポカリプス》」と呼んでいる。結局、ここでも、過去と未来が交錯し、人間は、一つの時点において、この時間の二つの顔と直面しなければならなくなり、そこに希望と恐怖を覚える。地球の運命が是非される中で、人間はもう一度自己の宿命を反省しなければならないのである。

そして、この話には今一つつけ足しがある。話のよこ糸として、若い探検家夫婦の運命と愛情を絡らませているのだ。そしてこのエレアとパイカンという若い男女の運命は、伝説の中に生きた呪われた恋人たちの運命と奇妙に似ている。ロミオとジュリエット、あるいはトリスタンとイズーに似ているのだ。伝説の中の悲恋のヒロインたちは、家や権力の相剋に虐げられて死んでいくが、「時の夜」の愛情の悲劇は、過去と未来の相剋の中で展開される。

こうして読んでくると、「時の夜」は、どうやら「人間の運命の夜」のことではないかと思われ、そこでバルジャベルの現代に対する、あるいはSF的風潮に対する批判が含まれているような気がするのである。

やはり、バルジャベルはいかにもフランス人らしいSF作家というべきだろう。

（一九七一年二月刊　第25巻『バルジャベル／フリック／フランケ』の月報より）

榊原晃三

ＳＦの文学的可能性

三輪秀彦

フランスに〈ヌーヴォ・ロマン〉と名づけられた新しい小説の運動があることは、すでにご存じの方も多いと思う。いろいろと厄介な理論づけが行われているが、要するに従来の小説の作り方はもはや現代では通用しないというごく単純な発想が根底にあるわけだ。つまり、小説には、一定の筋とか、人物描写とか、起承転結が必要であるといった、既成の考え方そのものに反対するのである。小説というものは、いかにも昔からちゃんと形の決っているものといった考えに、われわれは知らず知らずのうちに毒されている。もともと人間の想像力を自由に発揮すべき場であった小説形式が、逆に人間の心を束縛することになってしまったのだ。

ＳＦもまた小説の一形式であるが、やはりその出発点には、人間精神の自由への欲求が大いに作用していたと思う。だから、〈ヌーヴォ・ロマン〉の作家たちの作品や評論を読んでいると、そのいくつかはすでにSF作家たちによって先取りされているように感じられることがよくある。つまりその根本の発想において、SFもアンチ・ロマンも似たようなものだからである。

たとえば、最近の小説でよく見られる例として、時間の処理の問題がある。クロノロジック（年代記的）な、一直線の時間をばらばらにして、それを人間の意識の状態に忠実に再構成するやり方である。この手法なぞ、SFのタイムマシンの考え方からすれば、まことに幼稚としかいえないかもしれないが、小説の歴史からすればまことに大胆な進歩ということになる。

最近わが国にもやってきたクロード・シモン（『フランドルへの道』、『歴史』などの作者）はこう語っている。「われわれの精神生活というものは決して割切れたものではない。同時にあまりにも多くのことが共存している。だから終止符や短い文章で句切りをつけてしまうということは、現実のなかで切れていないものを切離してしまうことになる……しかし記憶や知覚の忠実な描写だけでは文学はできあがらない。そこにはイメージの選択が必要だ……」

重要なことは、この「精神生活における共存」という認識と、「イメージの選択」という行為である。人間の心のなかには、過去も現在も未来もいわばごちゃまぜになって共存しているわけであって、これはまさにSF的認識である。さらにこの共存状態を表現する場に、イメージの選択を行う――これは人間の精神の自律性を尊重することであり、文学の根底をなすものであることは説明する必要はないだろう。

一般の小説は現実を主体にするのに対して、SFは空想を主体にする――これが従来の大まかな区別であったが、最近ではますます両者の差別はちぢまってきている。現実がますます複雑にかつ多様になるにつれて、一般の小説はSF的な認識に接近せざるをえなくなってしまったわけだ。

ぼくの考えでは、かつてSFが〈ヌーヴォ・ロマン〉などの小説革命を先取りしたと同じように、今度は逆に純文学がSFの可能性を先取りするようなことが必ず起ると思う。これは二十世紀の後半から二十一世紀へかけての最大の文学的問題の一つとなるにちがいない。

SFは、そのSFという形式を確立するにつれて、今日のような隆盛を見たわけであるが、ジャンルの確立は必ずしも幸福なことではない。かつて推理小説も同じように、ジャンルの確立の過程で繁栄したが、それはまた衰退のはじめでもあったわけだ。

そして、推理小説の衰弱の原因の一つに、純文学による侵蝕作用があったことも見逃すことはできないようだ。純文学の作家たちが（たとえばフォークナーとかグレアム・グリーンたちが）推理小説的手法をさかんに使用しはじめたとき、いわゆる探偵小説はすでに形式主義のために弱りきっていたのである。

SFが推理小説と同じ運命をたどるというわけではないが、近い将来にSFが純文学作家の貪欲な好奇心の奴隷になることは必然であるように思われる。

その場合に、SFがさらに貪欲さを示して逆に純文学を食いものにしてしまうかどうか——こんな仮定は冗談だとしても、とにかくSFは妙な法則や規則を作り上げて、自らの首をしめつけるようなことはしてほしくないと思う。

〈ヌーヴォ・ロマン〉の話から、変な予想に脱線してしまったが、いずれにしても純文学は今後ますますSF的にならざるをえないだろう。最初に述べたように、小説は人間の自由な想像力の発揮の場であり、現在のところ、それを最も忠実に実現しているのはSFだからである。

だから、七〇年代の文学は、SFの文学的可能性ではなく、文学のSF的可能性を論ずべき時代だとぼくは考えている。これもまたあまりにSF的発想であろうか？

（一九七〇年四月刊　第6巻『ステープルドン／リュイス』の月報より）

ドイツのＳＦ

金森誠也

このたびフランケの「思考の網」をはじめドイツＳＦが早川のＳＦ全集のなかに取り上げられたことは喜びにたえない。それはドイツには昔からＳＦ的発想に根ざした作品が多く、また最近は松谷健二氏らの努力によって、シュール、ハウザー、フランケらの作品がしだいに翻訳されてきたにもかかわらず、米ソ、英仏のＳＦと比較すれば、ほとんど日本では話題になっていなかったからである。

ドイツのＳＦといえば、「ほら男爵の冒険」がまず思い浮べられるが、ローマン派の巨匠ホフマンにも、ＳＦ的な構想を展開させたものが多い。例えば「砂男」は、ロボットを、「チビ助ツァッヘス」はテレパシーを扱っている。今世紀に入ってからは、この種のＳＦ的作品はさらに多くなっているが、思想的にも深みをましている。その代表的なものとしては、科学技術を駆使して大西洋に鉄道用トンネルを掘るケラーマン「トンネル」（一九一三年邦訳あり）、東西の核戦争をはじめ、グリーンランドの氷の溶解、地球上の物質の完全利用などを描いたアルフレート・デープリン「山、海、巨人」（一九二四年）などがあげられよう。映画でおなじみの「巨人ゴーレム」（一九一六年）はグスタフ・マイリンクの作で、プラハのユダヤ人街に、人造人間ゴーレムの出没するはなしだが、この小説はSFよりむしろ怪奇小説と名づけるべきであるように思われる。

「職工」「さびしき人々」などの劇曲で名高い、ノーベル賞受賞作家ゲルハルト・ハウプトマンには「女人島の奇蹟」（一九二四年）というSFめいた小説がある。これは男の子が一人だけ女ばかり住む島に置かれる話である。その他、フランツ・カフカの作品にはいずれもSFめいたふんい気がただよっていることは、「人間が甲虫《かぶと》になる」「変身」「流刑地にて」などをひもとけばすぐうかがわれるところである。マイリンクやカフカはチェコで活躍したのだが、ともかくワイマール共和国時代前後のドイツでは現実生活の圧迫からのがれるため多くの作家たちが、同じSF的発想でも、ユートピア、ないし逆ユートピア的な着想をもてあそんだことはじゅうぶん理解できることだ。

その後ヒトラーが政権を握り、ナチの圧制がつづいた。一九三三—四五年にいたる期間は、現実自体が、まさに悪夢《あくむ》であった。そのため少なくともドイツ国内では、SFでもすぐれた作品が生まれなかったことはいたしかたがないであろう。しかし第二次大戦がおわると、逆ユートピア小説が「百花斉放」とでもいおうか、きびすを接して現れた。これらの小説はワイマール共和国時代に生まれた同種の小説よりも、はるかに悲壮である。これらの小説はたしかに未来のどこかを舞台にしているにせよ、ヒトラー統治下の全体主義国家の象徴的な再構成を思わせるものが多い。とりわけヘルマン・カザックの「流れの背後の市」（一九四七年）はダンテの地獄編の現代版であり、生の希望の片鱗《へんりん》すらうかがえないところは、むしろ仏教の地獄絵図に近いものすらある。これはSFと名づけるにはあまりにも深刻な作品だが、同じ作家の中編「織機」（一九四九年）はユーモラスな筆致を用いた破滅型のSFと呼ぶこともできよう。これはある都市国家が住民から重税をとってひたすら織物の生産につとめ、ついにはありあまった織物に街路や田野まで覆わせるようになったが、大火が起って一瞬のうちに廃墟となり、かつてははなやかだったこの都市国家も滅びるという筋書きである。織物の生産を「軍備」という言葉に置き換えれば、ナチス・ドイツや、軍国主義国家をあらわしているようにも思える。それかあらぬか文学史家レーンアルツトは、「この年代記めいた物語のなかでカザックは、国土に織物を敷きつめるという伝説の形をとった比喩を用い、はじめには意味深長なところをもってはいたものの、しまいには機械化され地獄と化した全体主義国家を特徴づけている」とのべている。

ヴァルター・イエンスの「否―告発された者たちの世界」（一九五〇年）は「織機」よりもいっそう暗い逆ユートピアである。主人公はこの世界での最後の個人主義者である。しかし大衆支配に名を借りる全体主義国家の圧力に耐えきれず、自分の女友達を告発し、そのおかげで裁判官の要職につくが、結局射殺されるという筋書きである。無気味な拷問の描写（水ぜめなど）はとくにすばらしく、カフカの短編「流刑地にて」を思わせるものがある。

エルンスト・ユンガーには、「ヘリオポリス」「ガラスの蜂」といったSFめいた作品がある。そのうち「ヘリオポリス」のなかには「オルトナーの物語」という軽快なSF的小品は入っているけれども、ユンガーの作品はあまりにも思想的、哲学的であるため、おそらく日本の読者の口に合うものではないだろう。

しかし、そうかといって、ドイツのSFとくに逆ユートピア小説のいずれもが、肩の凝《こ》る七面倒な理屈をならべた思想小説で、よいエンターテインメントにはならぬときめつけてはならないと思う。ここに取上げた作品の多くは読めば読むほど味がでてくる作品ではないかと思う。イギリスSF界で最近、新しい波が起り、その先頭にはバラード、オールディスらが立っているときく。彼らの作品、とくにバラードの「沈んだ世界」などはかなり思想的に難解であり、ハインライン、ブラウンらよりもむしろカザック、カフカに近いところがある。その点、ドイツ流の逆ユートピア小説も再認識する必要があるだろう。

多少軽快なものでは小説ではないが、デュレンマットの放送劇「ヴェーガの冒険」(一九五八年)がSF的である。これは第二次大戦の三百年後、欧米自由連合という国家が対立国家ロシア——アジアに先んじて金星における地球人の流刑地を確保しようと宇宙船ヴェーガを派遣するはなしである。だが自由だと称する欧米連合より、温度、湿度はじめ、あらゆる居住環境からいって劣悪な金星の住人の生活の方がはるかに人間的であるというのがみそである。しかし残念にも地球人は金星を核兵器で破滅させ、話はおわる。これも逆ユートピアである。

こうして私の紹介は六〇年代にはいる前でおわる。その後はどうなったのか。これは本書のドイツ作家の作品をお読みになれば、その大筋の傾向はおわかりになると思う。

(一九七一年二月刊　第25巻『バルジャベル/フリック/フランケ』の月報より)

現代ポーランド文学とレム

吉上昭三

私がレムという作家に関心を持つようになったのは比較的最近である。それも、ＳＦへの関心からというよりは、むしろ現代ポーランド文学への関心のなかで、そこに異彩を放っている作家としてのレムを見いだしたといったほうがいいだろう。ポーランドは二十世紀文学に何人かの国際的な作家を送りだしてきたが、レムもまたその一人だと私は思っている。ポーランドでのレムの圧倒的な人気は、けっしてたんなる通俗作家へのそれではなかった。多くのポーランド人が自国を代表する作家の一人にレムの名をあげていたが、そこには現代ポーランドが生んだ国際的な作家にたいする誇りと尊敬がうかがえた。その評価はともかく、少くともレムの存在は、社会主義文学という既成概念では考えられない現代ポーランド文学の多彩さを示す一つの例証にはなるだろう。

レムの数多い作品のなかで彼の思想をもっとも端的にあらわした作品をあげるとすれば『ソラリスの陽のもとに』と『星からの帰還』の二作だと思う。『ソラリスの陽のもとに』における理性を持つ海は、宇宙での未知のものとの出会いというレムの一貫した基本的立場から生まれた想定である。また『星からの帰還』では、レムは未来社会のメカニズムを背景に、科学と機械文明の発展がついに人間性の領域におよぶ可能性を示してわれわれに警告をあたえている。こうしたレムの考えは、全人類とその文明の運命から宇宙文明をも展望した彼の哲学的大作『スムマ・テクノロギアエ』に詳述されている。

ポーランドには、このレムにたいして作品上で論争をいどんでいる作家がいる。クシストフ・ボルーニといい、一九二三年生れだからレムとはほぼ同年の作家である。ボルーニは対独抵抗運動に加わり、悲劇的なワルシャワ蜂起にも参加して負傷した。戦後は科学ジャーナリストとして宇宙飛行やサイバネティックスにかんする評論で健筆をふるっていたが、一九五三年にアンジェイ・トレプカとの共作でケンタウルス座のプロキシマ星への飛行を描いたSF三部作『破滅した未来』、『プロキシマ』、『宇宙の兄弟たち』を書いてSF作家として登場した。それ以後ボルーニはいわゆる宇宙冒険ものは書かず、もっぱら短篇の分野で自分の科学思想を作品化している。「反世界」、「幸福工場」、「ファントム」、

「不死の境」などがそれである。

レムが宇宙での理性的存在との出会いを想定するとき、地球的な条件との類似を拒否して質的に新しい未知の現象を描いてきた（『ソラリスの陽のもとに』、『砂漠の惑星』、『エデン』など）。それに対してボルーニは全然別の可能性の存在を考える。ボルーニに『第三の可能性』という作品があるが、そこでは個々の理性のない肉体からなる理性のある社会、つまり集団的な理性を持つ存在が描かれている。ソヴェトのSF作家グレーヴィチはボルーニのそれを思考することをまなんだ『蟻塚《ありづか》』にたとえている。その『蟻塚』はしだいに完成されてゆくなかで集団的な理性を持つにいたったのか、あるいはその惑星上で正常な社会が衰微してゆく過程で個々の理性が失われていったのか、その点はいずれともわからない。

レムは『星からの帰還』で、十年間の宇宙探査飛行と、その間に百二十七年という年月が流れた地球の変貌を描いた。一切の危険な職業や仕事は機械またはロボットの手にゆだねられ、人間は理想的な福祉社会のなかで受動的で無為な生活を送っている。

明らかにレムが『星からの帰還』で自問していることは、「危険のない技術は安全か？快適な生活への渇望、安全への希求が未来の人間の個性をなくし、灰色にしてしまわないだろうか？」ということである。科学が人間性の領域に入りこむ可能性と危険性の問題であった。

しかしボルーニは「トッカータ」という作品でレムの問いに否定的に答えている。「トッカータ」の主人公たちも、宇宙探査に出発した百三十四人のうちの生き残ったわずか三人である。地球では三百八十二世紀がすぎ、もちろん一切が変貌している。宇宙飛行士ロストの眼には人類が退化し、人間は怠惰になり、機械のみが活動しているようにうつるが、最後にはその危懼も解消する。ボルーニはレムの問題に楽天的な解決をあたえているが、短篇であるだけに未来世界のヴィジョンは『星からの帰還』ほど明確でないし、道徳的な問題の提起もその解決も意をつくしていない。ボルーニはむしろ今後の作品でそれを補足するのだろう。

最近ポーランドには若いSF作家があらわれて注目されている。コンラド・フィアウコフスキといい、今年二十九歳、ワルシャワ工科大学に勤務する技術畑の学究の徒である。すでに三十篇以上の短篇を発表し、そのいくつかがソヴェトやヨーロッパで翻訳された。「選択の権利」、「死のチャンス」、「銀河のすずめ」などが知られている。職業柄か、フィアウコフスキの作品は技術的SFのジャンルにぞくし、技術発展の展望へ興味がむけられていて哲学的・社会的・道徳的な葛藤はまだ少い。むしろ今後が期待されるホープだろう。

（一九六八年十一月刊　第23巻『レム』の月報より）

吉上昭三

ソ連ＳＦ前史

飯田規和

ソ連では一昨年（一九六七年）が革命五〇周年に当っていたために、昨年の出版物には、文化の各分野の五〇年の歴史を回顧した「ソ連△△の五〇年」というような題名の本が数多く出版された。ＳＦの分野でも、単行本こそ出なかったが、やはりその種のテーマの論文が二、三、眼についた。そこで、戦後のソ連のＳＦ界の動向についてはすでにおよそのことが紹介されているので、この機会に、それらの資料をもとにして、戦前の、それも比較的古い時期のソ連のＳＦについて簡単に紹介しておきたい。

革命前のロシアのＳＦの先駆的作品を何とみるかは、ＳＦの定義いかんによってかなり変ってくるが、一応、それを、科学・技術の発達を前提にした一種の未来小説、くらいの狭い意味に理解しておくかぎり、誰もが一致して推すのは、作家兼音楽批評家のオドエフスキーが一八四〇年に発表した『四三三八年。ペテルブルグの手紙』である。これは技術的なユートピア小説で、ロシアの未来を描くと同時に、人工繊維や人工食料、飛行船、写真、電話その他の発達、ヒマラヤや海底のトンネルを縦横に走る汽車のことなどが書かれている。面白いのは、地球全体の気候を調節するのに、赤道周辺の熱い空気をポンプつきのパイプで北へ送り、逆に北の冷い空気を同じ方法で南へ送ったり、カムチャッカの火山をシベリアを暖めるために使う、などというような独創的な着想が随所にみられることである。いずれにしろ、この小説は科学・技術の未来図を描こうとしたロシアでの最初の試みであった。

一九世紀のロシアの有名な革命的思想家チェルヌイシェフスキーに、『何をなすべきか』(初版は一八六三年)という小説がある。この小説の「ヴェーラ・パヴロヴナの第四の夢」という章には、科学・技術の発展によって自然を征服した自由な人間たちの仕合せな生活が描かれている。

一八九二年にはシェロンスキーの『未来の世界にて』という小説が出版された。これもやはり今日の科学・技術についての当時の予想であるが、そこにはテレパシー、長寿、反重力等、現在でもまだ実現していない事柄についての空想が多い。

以上は一九世紀ロシア文学の輝かしい流れの周辺に散発的に現れたＳＦの先駆的な作品の代表であるが、一九世紀末になると、それが小さいながらも一つの潮流を形づくる気運を見せるようになる。その潮流のきっかけとなったのは、現代のソ連で宇宙飛行学の創始者と見なされているツィオルコフスキー（一八五七〜一九三五）の出現であった。

後進国ロシアの草深い田舎で食うや食わずの生活を送りながら、当時にあってはおとぎ話的な空想でしかなかった宇宙飛行の可能性の問題を、科学的にとらえて研究しつづけたツィオルコフスキーの俗世間を超越した風貌は、物質の本質に迫ろうとしてやはり忍耐強い努力の末に元素の周期律を発見した同じロシアの化学者メンデレーエフにどことなく似たところがある。

ツィオルコフスキーは宇宙飛行の理論を創造しながら、宇宙飛行の実際を具体的に思い浮かべようとしてＳＦを書いた。あるいは、ＳＦはかれにとって、かれの理論の正しさを明らかにする実験であったのかも知れない。当時にあっては空想のなかで実験する以外に方法がなかったからである。

ツィオルコフスキーの最初のＳＦ『月にて』が出版されたのは一八九三年である。ツィオルコフスキーはこの作品で、ジュール・ヴェルヌの主人公たちさえ行かなかった月に着陸して、月のふしぎな世界を克明に描いた。もっともこの作品では月に到着する方法は完全に省略してしまって、夢のなかのできごとにしてしまっている。

つづいて一八九五年に第二作『地球と空についての夢想』を発表し、一八九六年からは、かれの宇宙飛行理論の結晶とも言うべき『地球の外で』の執筆にとりかかっている（単行本の形で出版されたのは一九二〇年）。ロケット船に乗って地球の重力圏を脱出し、最初は地球をまわって、「外から」地球を眺め、無重力状態を経験し、やがて月に上陸したり、ロケット船そのものを小惑星がわりにしてそこで生活する……というような、現在では常識になっている科学知識を最初に小説化したのがツィオルコフスキーであった。

ツィオルコフスキーの作品はソ連の宇宙小説のはしりであり、ツィオルコフスキー自身はソ連SFの元祖的な存在であるが、かれの作品にみられる、作者の科学的態度と、そのことから必然的に派生する作品の科学啓蒙的色彩は、その後のソ連SF作家たちによって受けつがれ、ソ連SFの中心的な傾向の一つになってゆくのである。

ロシアの革命家ボグダーノフも『赤い星』（一九〇八年）、『メンニ技師』（一九一三年）というSFを書いている。前者は火星人が革命的気運の熟している地球をおとずれる話であり、後者はロシアの革命家が火星人と一緒に、すでに共産主義社会ができあがっている火星に行く話で、ともに当時のロシアの政治情勢を反映している面白い作品である。『魔窟』その他の作品でわが国に知られている作家クプリンにもSFがある。一九一三年に発表されたかれの『液体太陽』という作品は、太陽光線のエネルギーを集めて液体太陽を作り、それによって地球の気候を変える方法を発見した科学者の運命を物語った、いわば科学者の社会的責任を問題にした作品である。かれにはほかにも『乾盃』（一九〇六年）という作品がある。これは、二九〇六年（つまり当時からみて千年後）の北極での話である。人類が地球の磁力を、生産のエネルギーとして利用することに成功し、いまや温暖の地となった北極上で、人びとは、自由な世界を築くために生命を捧げた者たちに感謝して乾盃する……

以上のほかにもSFを書いた作家たちはすくなくない。例えば、ツィオルコフスキーにつづいて宇宙小説を書いた作家にクラスノゴルスキーとスヴャツキーがいる。一九一三年から一九一四年に発表されたかれらの小説『エーテルの海の島』、『エーテルの波にのって』は光の圧力のエネルギーを利用しうる太陽鏡をそなえた宇宙船の飛行を語っている作品である。

飯田規和

そのほかソ連の科学啓蒙家として有名なペレリマンは一九一四年に、無重力状態は地球の引力と月の引力とが釣合った所で始まるとしたジュール・ヴェルヌの間違いを訂正する短篇『無重力の台所での朝食』（一九一四年）を書き、コマロフという作家は一九一七年に、地球の温度は年々上昇しつつあるという仮説を前提にして、そのような状況のなかで暮す方法を考え出した『冷却都市』という作品を書いている。

以上が革命前ロシアの大ざっぱなSFの歴史である。革命後のソ連のSFはこのような伝統の上に立って、新しい環境のなかで、革命的ロマンチシズムにはぐくまれつつ、アレクセイ・トルストイやベリャーエフの作品を生み出してゆくのである。

（一九六九年六月刊　第8巻『ベリャーエフ』の月報より）

ソ連SFを集める苦労

深見　弾

　アメリカやイギリスのSFを原書で集める苦労話を伊藤典夫氏や野田宏一郎氏などから聞くことがある。ソ連のSFを買い漁っている私にも、当然それが肌で感じられなければいけないはずであるのに、どうしても実感が伴わない。かれらは一言もそうだとは言っていないのだが、聞いている内に、どうやら金と暇と根性がなければ自他共に認めるようなコレクターにはなれないらしいことが分ってきた。

　どうやら、資本主義を相手にするか社会主義が相手かでは、本を買うにも苦労のしかたが違っているということらしい。実は、金も暇も根性もないまま、私は十数年来なんとはなしにロシア語のSFを集めて来たが、苦労といえばそれはそれなりの苦労がある。

　卒論のやっつけ仕事をやっていた頃、偶然にベリャーエフの三巻選集を手に入れる機会にめぐり合せた。私にとってはベリャーエフとの出会いは決定的であった。

ロシア文学科に入ったとはいうもののただ籍を置くだけの文学音痴には大文豪も偉大なるロシア文学も無縁で、大学にSF科が無いことに腹をたてていた私は、ソ連にもSFがあることを知ると名実共に立つと歓喜したことを覚えている。それ以来、やれドストエフスキーだトルストイだ、社会主義レアリズムだなんだと騒いでいる仲間を尻目に、神田にあるロシア語の本屋に通った。金と暇と根性さえあればと当時は思い込み、なけなしの金を懐に、授業をさぼり、体に根性を漲らせ（?）て、SFを求めて棚を漁った。一冊しか入荷しなかったというカザンツェフの「北極の橋」を大先輩袋一平氏とタッチの差で手に入れたと悦になっていたのもその頃である。それまでにしても、月に一冊手に入ればよい方で、数ヵ月に一冊ということが続いたが、あるいはという期待で性懲もなく出かけたものである。

それから一年たらずして、通いつめた当の本屋へ就職して、やっと事情が飲み込めた。ソ連書を買うには金と暇と根性だけではどうにもならない。本はべらぼうに安かったので（今でも欧米書と比べれば安いが、当時程ではない）薄給の身には助かったし、雇った側には申し訳ない話だが、暇の方は毎日の仕事が兼ねてくれるから都合よい。根性は一種の惰性のようなもので、SFが入荷すれば買うという条件反射みたいなものが身についてしまった。これではろくなコレクションが出来るわけがない。最近ソ連で初めて出たチェック・リストで当ってみると落ちているものが少なくない。

ソ連の対外書籍輸出の窓口はひとつしかない。当然カタログ類も数が限られているし、総合カタログは「新しい本《ノーヴィ・クニーギー》」が一種類だけである。その点は面倒がなく便利であるが、出版の制度が違い、計画経済の国柄計画出版である。したがってカタログは既刊書の案内ではなく原則としてすべて出版予告であり、半年から一年先に出版される予定のものを載せている。最も新しい号のカタログで今注文しても、手許にとどくのは早ければ来春、普通の場合で来年の初夏である。それも順調に計画通り出版された時の話で、予定は変ることもあるし、結局は出版されずじまいで終ることもある。

だから、なにはともあれカタログが手許に送られて来たら、丹念に目を通し、出来るだけ早く注文するのがソ連書を買う一番安全な秘訣である。いささか無茶な注文方法だと思われるかもしれないが、ここで躊躇《ためら》ったり、見落せば永久に手に入らないものと覚悟しておかなければならない。

カタログにも問題がある。日本の本屋は独自に自社のカタログを総合カタログに再編集して出しているが、全点を転載しているわけではないから、ＳＦはほとんど載らないと思っても間違いない。だから、対外用に出している週刊カタログ「新しい本」を、投資とあきらめてたかだか千円そこそこのことであるから年限めで予約して自宅に送らせるようにすればよい。それを毎週、毎号欠かさず目を通す根性さえあれば居ながらにして、足を棒にすることもなければ、本屋に就職することもなくソ連ＳＦが集められるはずである。だが、罠があった。唯一のそのカタログはソ連で出る出版物をすべて載せているわけではない。唯一であるからこそ、それに漏れたＳＦをチェックする方法がない。ではどうしたらよいか？　どなたか御存じのかたがありましたらお教え願いたい。これがソ連ＳＦの苦労の種である。

（一九七〇年十月刊　第9巻『エレンブルグ／チャペック』の月報より）

あの頃のこと

石川喬司

「一九六八年最大のトピックは『世界SF全集』（全三十五巻・早川書房）のスタートだろうな。第一回配本『ハックスリイ、オーウェル篇』は三万部も売れたそうじゃないか」

「世界でも初めての画期的な試み、って宣伝してたけど、本当かい？」

「ああ。ヴェルヌやウエルズの古典SFから、米英ソ日仏独伊の〈新しい波〉たちの実験作品までを、歴史的、体系的にまとめたこんな企画は、世界のどこにも見当たらないね。SFの歴史の浅い日本でこれが誕生した、ということは特筆に値いするよ。〈SFイコール科学小説〉〈荒唐無稽な紙芝居〉といった偏見を、この全集が吹き飛ばしてくれることを期待したいな」

これは『文芸年鑑』昭和四十四年版の「推理・SF界展望」欄の書き出しである。担当が私だから、いささか手前味噌の感がないでもないが、ひとつの時代証言としてお読みいただきたい。展望はさらに続く。

「筒井康隆が『ベトナム観光公社』『アフリカの爆弾』と連続して直木賞の候補に推されたことも六八年の話題のひとつだね。《週刊文春》がその筒井や小松左京のSFを連載したり、《週刊朝日》がたびたびSF特集を組んだり……SFもだんだん人口に膾炙《かいしゃ》してきたというわけか」

「たしかに刊行点数は増えたな。この四年間でざっと五倍に増えている。かなりの高度成長だ」

「未来論ブームの影響もあるだろうな。そちらの方からSFにアプローチしてきた層もあるし」

「ぼくは日本のSF界をひとつの惑星にたとえて、こういう見取り図を作ってみたんだけどね。——安部公房彗星や手塚治虫彗星が飛来する未知の星雲の惑星を星新一宇宙船長が偵察、矢野徹教官や福島正実教官が青写真を描き入植者を養成、小松左京が万能ブルドーザーで地ならし、光瀬龍ヘリ、眉村卓トラック、筒井康隆スポーツカーが現れ、半村良酒場開店、石川喬司新聞発刊（以下略）、そろそろ観光客が訪れはじめた――とね」
「その開拓者たちがまだまだ成長段階というところに、日本SFの若さが感じられるな。日本のSFはようやく〈幼年期の終り〉にさしかかったところなんだ。これから声変わりもするし、反抗期もある。さらに、これは世界のSF界全体の問題だけど、時代を先取りしていたはずのSFが、いまやもう時代のあとにくっついていくのが精一杯に近くなっている。日本の場合は、作家の層が薄いだけに、それが目立つ」

そして翌一九六九年版の展望は、こういう書き出しになっている。

「SFの時代は終わった（フジテレビ座談会）、これでSF作家は食いっぱぐれだな（遠藤周作・週刊朝日）――アポロ11号が月着陸に成功したとき、このような発言が数多くみられた。こうした素朴な反応は、SFの本質がまだまだ十分に理解されておらず、日本SF界の前途が多難であることを痛感させてくれる」

ＳＦをやっています、と自己紹介すると、へええ、そんなご趣味がおありとは……とＳＭと間違えた相手から微妙な応対をされたりした時代である。

たとえば『世界ＳＦ全集』第三十四巻『日本のＳＦ　古典篇』巻末の解説で、編者である私は呆れかえっている。

「こころみに、『世界大百科事典』で〈ＳＦ〉の項を引いてみる。《ＳＦ→科学小説。広い意味では科学を主題にした小説。これには①自然科学の解説を小説の形式で書いたもの、②科学の宣伝普及のために小説の形をとって事件や恋愛をおりこんだもの（たとえば、性病や結核予防の小説）、③自然科学をトリックとした推理小説や探偵小説、現在の科学水準から科学の発展、将来、人類の運命などの予想を小説の形で取り扱ったもの、などが含まれる》

驚いたことに、この説明は完全に間違っている。早い話が、この《世界ＳＦ全集》に収録されている作品のどれひとつとして、この定義に当てはまらない。なぜ、このような間違った説明が、まかり通っているのだろうか？　ことは百科事典に限らない。すぐれた文芸評論家たちですら、しばしば不用意な言葉を洩らしている。いわく「SFが通俗小説であるのは、それが科学という固定観念を前提にしているからである」（江藤淳）、いわく「……外国の小学生が熱中するものに日本の大人の読者がわれを忘れる時代が来るというのは、情けない話だなどというのではなしに、そんな時代は来ないのに決まっている」（吉田健一）、いわく（以下略）」

その一方では、たとえば三島由紀夫から「作者の立場としては、SFこそ将来最も怖るべきジャンルであり、近代ヒューマニズムを克服して、日本文学が知的な成果を上げるには、この方法以外にないのではないかとさえ考えている」といった心強いメッセージなども送られていた。

足かけ四年にわたって刊行された『世界SF全集』が完結した一九七一年版の展望で、私はこう書いている。

「この全集、平均して八千部も出れば……という当初の希望だったが、結果は倍以上の好成績だったという。このような大系的な企画が世界に先駆けて成功したことの意義は高く評価されていいだろう。完結に当たって、とくに注目すべき巻を選んでみると――〈文学派向き〉『エレンブルグ／チャペック篇』『レム篇』『オールディス／バラード篇』『世界のSF（現代篇）』『日本のSF（古典篇）』〈娯楽派向き〉『ウエルズ篇』『ハインライン篇』『クラーク篇』『ウインダム篇』『世界のSF　古典篇』――といったところだろうか」

この全集刊行中の最大の出来事は、なんといっても一九七〇年夏の〈SFの国連〉こと「国際SFシンポジウム」の開催だろう。『2001年宇宙の旅』で大ブームを呼んでいる最中のA・C・クラークをはじめとする米ソ英加日五カ国の第一線SF作家三十数人が日本に集まり、真夏の一週間をSF論議に没頭して過ごしたこのシンポジウム（「SFと文明」をメインテーマに、「科学が約束する未来のユートピアを描くのがSFの役割」とする東側と「科学や政治などの暴走の懸念を先取りして〈悪しき未来〉を予防する効用も忘れてはならない」とする西側が対立、奇妙な亡命騒ぎまで起こった）で、意外なことに、東がレムを黙殺、西がレムをまったく知らないことが判った。冷戦が産んだ歪みである。欧米でレム・ブームが起こるのは会議の一年後のことで、それだけでもこのSFの国連の開催とそうした背景を醸成した本全集の果たした功績は高く評価されていいだろう。

しかし、あれから三十数年――。

そのレムが昨年亡くなったときの日本の新聞の扱いはきわめて小さく、私は改めて「SFは今や〈見えないジャンル〉になってしまっている」現実を痛感せざるをえなかった。

「ニューウエーヴ」や「サイバーパンク」を経て、「想像できないものを想像し、表現できないものを表現しよう」とヴィトゲンシュタインの沈黙の壁にまで挑戦しつづけている最近のSFだが、〈幼年期〉から〈成人期〉にかけて映像・音響などのマルチメディアに散って秀れた成果を挙げつづけたかつてのSFチルドレンの末裔たちは、いま大不況の閉塞感の中で喘いでいるようにも見受けられる。

「目が醒めたら21世紀だった」

月報の中でぼくが夢見ていた長篇のその書き出しは、もはや陳腐な現実と化しており、発表する意欲をまったく失った七百枚余の紙屑の書き出しは、「朝刊に私の死亡記事が出ていた」に変わっている。

執筆者紹介
Author's profile

森　優

星　新一
筒井康隆
眉村　卓
光瀬　龍
平井和正
半村　良
矢野　徹
真鍋　博
手塚治虫
藤本義一
尾崎秀樹
石森章太郎
都筑道夫
三木　卓
浅倉久志
福島正実
佐野　洋
生島治郎
水野良太郎
小鷹信光
松本零士
石原藤夫
松谷健二
谷川俊太郎
団　精二
野田昌宏
伊藤典夫
榊原晃三
三輪秀彦
金森誠也
吉上昭三
飯田規和
深見　弾

石川喬司

森　優　ペンネーム・南山宏。一九三六年東京生まれ。ＳＦ／超常現象作家、研究家、翻訳家。日本ＳＦ作家クラブ会員。
　東京外国語大学在学中から、福島正実編集長のもとで〈ＳＦマガジン〉の編集にたずさわる。一九六九年八月号から第二代ＳＦマガジン編集長。雑誌だけでなく、『世界ＳＦ全集』の刊行、ハヤカワＳＦ文庫の創刊に尽力する。七四年早川書房退社後は、作家、翻訳家、ＵＦＯ研究家として活躍。主著書・『綺想科学論』『オーパーツ——超古代文明の謎』他多数。主訳書・『宇宙のランデヴー』『太陽系オデッセイ』クラーク『Ｘ‐ファイル——闇に潜むもの』カーター他、他多数。

星　新一　一九二六年東京生まれ。一九九七年没。作家。日本ＳＦ作家クラブ会員。
　東京大学農学部農芸化学科卒。東京大学大学院を中退した後に星製薬に入社、三代目社長となるがまもなく倒産。このころよりＳＦを書きだし、一九五七年にＳＦ同人誌〈宇宙塵〉に発表した「セキストラ」が〈宝石〉に転載され、作家としてデビュー。六八年『妄想銀行』で日本推理作家協会賞を受賞。ショートショートの名手として知られ、発表されたその作品は一〇〇〇作以上にのぼる。主著書・『ボッコちゃん』『午後の恐竜』『進化した猿たち』『気まぐれロボット』他多数。

筒井康隆　一九三四年大阪生まれ。作家、俳優。日本ＳＦ作家クラブ会員。
　同志社大学文学部卒業後、デザイン会社を設立する一方、一九六〇年ＳＦ同人誌〈ＮＵＬＬ〉を発刊し、創作活動に入る。六五年、初長篇『48億の妄想』を刊行。八一年『虚人たち』で泉鏡花文学賞を、八七年『夢の木坂分岐点』で谷崎潤一郎文学賞を、八九年『ヨッパ谷への降下』で川端康成文学賞を、九二年『朝のガスパール』で日本ＳＦ大賞を受賞。二〇〇二年、秋の褒章の紫綬褒章を受章。主著書・『アフリカの爆弾』『時をかける少女』『家族八景』『大いなる助走』他多数。

眉村　卓　一九三四年大阪生まれ。作家。大阪芸術大学芸術学部文芸学科客員教授および芸術研究科教授。
大阪大学経済学部卒業後、会社勤めのかたわらSF同人誌〈宇宙塵〉に参加。一九六一年に「下級アイデアマン」が第一回空想科学小説コンテスト（のちのハヤカワ・SFコンテスト）に佳作入選しデビュー。六三年、初長篇『燃える傾斜』を刊行。六五年より専業作家。七九年『消滅の光輪』で泉鏡花文学賞を、八七年『夕焼けの回転木馬』で日本文芸大賞を、九六年『引き潮のとき』で星雲賞を受賞。主著書・『幻影の構成』『司政官』『なぞの転校生』『ねらわれた学園』他多数。

光瀬　龍　一九二八年東京生まれ。一九九九年没。作家。日本SF作家クラブ会員。
東京教育大学理学部動物学科卒業後、都内の高校で生物と地学を教えるかたわら、SF同人誌〈宇宙塵〉に参加、「派遣軍還る」などを発表する。一九六二年「晴の海1997年」が〈SFマガジン〉に掲載され、本格デビュー。以来、ニヒルな東洋的無常感を謳い上げる〈宇宙年代記〉と総称される宇宙SFをはじめ、歴史改変SF、ジュブナイルSF、科学エッセイ、漫画の原作など、幅広く活躍する。主著書・『たそがれに還る』『百億の昼と千億の夜』『夕ばえ作戦』他多数。

平井和正　一九三八年神奈川生まれ。作家。
中央大学法学部卒。《珍犬ハックル》などのテレビアニメを扱うエージェントに勤務するかたわらSFを書き始め、やがて独立。〈SFマガジン〉に「虎は目覚める」などの作品を発表する一方、少年誌のSF漫画原作の分野でも活躍し、なかでも『エイトマン』（桑田次郎・画）はテレビアニメ化もされ大ヒット作となる。主著書・『狼の紋章』にはじまる〈ウルフガイ〉シリーズ、『狼男だよ』にはじまる〈アダルト・ウルフガイ〉シリーズ、『幻魔大戦』『死霊狩り』他多数。

半村 良　一九三三年東京生まれ。二〇〇二年没。作家。日本SF作家クラブ会員。
両国高校卒業後、紙問屋の店員、板前見習い、バーの経営者など三十近い職業を経験した後、広告代理店に勤務。一九六二年「収穫」が第二回ハヤカワ・SFコンテストに入選。翌六三年、日本SF作家クラブ発足とともに事務局長に就任。七一年、初長篇『石の血脈』を刊行。七三年『産霊山秘録』で泉鏡花文学賞を、七五年『雨やどり』で直木賞を、八八年『岬一郎の抵抗』で日本SF大賞を、九三年『かかし長屋』で柴田錬三郎賞を受賞。主著書・『戦国自衛隊』『妖星伝』他多数。

矢野 徹　一九二三年松山市生まれ。二〇〇四年没。作家、翻訳家。日本SF作家クラブ会員。
中央大学法学部卒。一九五三年の世界SF大会に日本人として初めて参加。五七年、小隅黎らとともに日本初のSF同人誌〈宇宙塵〉を発刊。海外のSFをもっとも早く、かつ数多くわが国に紹介、翻訳した功労者。日本SF作家クラブの設立にも参加し、第二代会長を務める。八五年、カレル賞（英国SF協会が海外SFの翻訳・紹介者に贈る賞）受賞。主著書・『カムイの剣』他多数。主訳書・『宇宙の戦士』ハインライン『デューン 砂の惑星』ハーバート、他多数。

真鍋 博　一九三二年新居浜市生まれ。二〇〇〇年没。イラストレーター。日本SF作家クラブ会員。
愛媛県立新居浜西高校をへて、多摩美術大学油画科卒。教職、作家活動をへて、同大学院美術研究科修了。朝日ジャーナル連載「第七地下壕」で第一回講談社さしえ賞受賞。星新一、アガサ・クリスティー、筒井康隆、海外SF小説などの装幀・挿絵を手掛ける。大阪万博、沖縄海洋博、つくば科学博などにも参画。バイコロジーを提唱。諷刺に富んだSF的思考に関する著作やまちづくりに関するエッセイもまとめている。主著書・『思考の憶え描き』『快適学への発想』他多数。

手塚治虫 一九二八年大阪生まれ。一九八九年没。漫画家、アニメーター、医師。日本SF作家クラブ会員。

大阪大学付属医学専門部卒。医学博士。幼少のころから漫画を書き始める。一九四七年発表の『新宝島』は、その斬新な手法により当時の漫画界に新風を吹きこみ、藤子不二雄ら後輩漫画家たちに大きな影響を与えた。六三年、日本初のテレビアニメ《鉄腕アトム》を制作。七〇年『火の鳥』で講談社出版文化賞を、七五年『ブラック・ジャック』で日本漫画家協会賞を、八三年『陽だまりの樹』で小学館漫画賞を受賞。主著書・『ジャングル大帝』『アドルフに告ぐ』他多数。

藤本義一 一九三三年大阪生まれ。作家。

大阪府立大学経済学部卒。一九五七年、大学在学中に執筆したラジオドラマ作品『つばくろの歌』で芸術祭文部大臣賞を受賞。その後、大映にて脚本家として川島雄三監督に師事。一九七四年『鬼の詩』で直木賞受賞。文芸作品からエッセイ、社会評論などの著作を多数発表する。また独特の話芸の持ち主で、テレビの《11PM》のキャスターをはじめとして数多くのテレビ・ラジオ番組に出演する。主著書・『やさぐれ刑事』『商人道』『ワインと洋酒のこぼれ話』他多数。

尾崎秀樹 一九二八年台湾生まれ。一九九九年没。文芸評論家。

台北帝大医学専門部中退。一九五六年〈文芸日本〉の編集に携わる。この間一貫して異母兄秀実のゾルゲ事件の真相究明にあたり、五九年『生きているユダ』を刊行。六二年、武蔵野次郎らと大衆文学研究会を設立。以後、魯迅研究、大衆文学研究など幅広く評論活動を行なう。六六年『大衆文学論』で芸術選奨文部大臣賞を、九〇年『大衆文学の歴史』で吉川英治文学賞を受賞。日本ペンクラブ会長、日本文芸家協会理事を歴任。主著書・『魯迅との対話』『さしえの50年』他多数。

石森章太郎　一九三八年宮城県登米郡石森町生まれ。一九九八年没。漫画家。
　一九五四年、高校在学中に、〈漫画少年〉に「二級天使」の連載でデビュー。高校卒業と同時に上京、漫画家生活に入る。六六年『ミュータント・サブ』『サイボーグ009』で講談社児童まんが賞を、六八年『ジュン』『佐武と市捕物控』で小学館漫画賞を受賞。八四年、デビュー三〇周年を機に、そう呼んでもらえるはずだった〝石ノ森〟に改名。八八年『HOTEL』等で小学館漫画賞を、『マンガ日本経済入門』で日本漫画家協会賞を受賞。主著書・『仮面ライダー』他多数。

都筑道夫　一九二九年東京生まれ。二〇〇三年没。作家。
　早稲田実業学校中退。化粧品会社のコピーライターをへて、一九五六年、早川書房入社。日本版〈エラリイ・クイーンズ・ミステリ・マガジン〉初代編集長を務めるかたわら、数多くの英米の新作ミステリを刊行する。五九年に退社、本格的に執筆活動に入った。その後、小説のみならず、翻訳、評論、エッセイ、シナリオなど多方面にわたる分野で活躍。二〇〇二年、日本ミステリー文学大賞を受賞。主著書・『酔いどれ探偵』『黄色い部屋はいかに改装されたか？』他多数。

三木　卓　一九三五年東京生まれ。詩人、作家、翻訳家。
　早稲田大学文学部卒。一九六七年詩集『東京午前三時』でH氏賞を、七〇年詩集『わがキディ・ランド』で高見順賞を受賞。その後小説にも取り組み、七三年「鶸」で芥川賞、八四年児童文学『ぽたぽた』で野間児童文芸賞、八六年小説『馭者の秋』で平林たい子賞、八九年小説『小噺集』で芸術選奨文部大臣賞、九七年児童文学『イヌのヒロシ』で路傍の石文学賞、小説『路地』で谷崎潤一郎賞、二〇〇〇年小説『裸足と貝殻』で読売文学賞、〇六年評伝『北原白秋』で毎日芸術賞を受賞。主著書・『砲撃のあとで』他多数。主訳書・『ふたりはともだち』A・ローベル、他多数。

浅倉久志　一九三〇年大阪生まれ。翻訳家。日本SF作家クラブ会員。
大阪外事専門学校（現大阪外国語大学）英米科卒。浜松の会社に勤めていた一九六〇年、当時高校生だった伊藤典夫と知り合い、その紹介で六二年、フレデリック・ポールの短篇「蟻か人か」の翻訳で〈SFマガジン〉にデビュー。ペンネームの由来は〝アーサー・C・クラーク〟から。以後、海外のSF作品を数多く翻訳。著書・『ぼくがカンガルーに出会ったころ』主訳書・『アンドロイドは電気羊の夢を見るか？』ディック『タイタンの妖女』ヴォネガット他多数。

福島正実　一九二九年樺太生まれ。一九七六年没。作家、翻訳家。日本SF作家クラブ会員。
明治大学仏文科中退。一九五六年早川書房入社。五九年、〈SFマガジン〉創刊にさいし初代編集長として奮闘。創刊当時はまだ〝SF〟という言葉も認知されておらず、日本人の作家も翻訳者もいない状況であったため、本業の編集業のかたわら、自ら創作、翻訳、科学解説といった副業をこなし、八面六臂の活躍をする一方、SFコンテストを実施し、眉村卓、光瀬龍などの作家をデビューさせた。主著書・『SFハイライト』他多数。主訳書・『夏への扉』ハインライン、他多数。

佐野　洋　一九二八年東京生まれ。作家。
東京大学文学部卒。読売新聞記者時代の一九五八年、〈週刊朝日〉・〈宝石〉共催のミステリ・コンテストに短篇「銅婚式」が入選し、デビュー。当初兼業作家だったため、ペンネームは〝社の用〟にかけてつける。戦後のミステリ作家として、もっとも成功し、かつ多作な作家のひとり。六四年『華麗なる醜聞』で日本推理作家協会賞受賞。九七年日本ミステリー文学大賞受賞。六年間にわたり日本推理作家協会理事長を務める。主著書・『透明受胎』『秘密パーティ』他多数。

生島治郎　一九三三年上海生まれ。二〇〇三年没。作家。
　早稲田大学第一文学部英文科卒。一九五五年早川書房入社。初代編集長都筑道夫のもとで、日本版〈エラリイ・クイーンズ・ミステリ・マガジン〉の編集にたずさわる。五九年より第二代編集長。六四年退社後、『傷痕の街』で作家デビュー。六七年『追いつめる』で直木賞受賞。わが国にはじめて本格ハードボイルドを移植したミステリ作家として定評がある。またＳＦにも積極的な関心をしめし、ＳＦ短篇集『東京二〇六五』がある。主著書・『片翼だけの天使』『黄土の奔流』他多数。

水野良太郎　一九三六年四日市生まれ。漫画家、イラストレーター、文筆家。
　武蔵野美術学校（現武蔵野美術大学）在学中に〈文春漫画読本〉などに作品を発表しプロデビュー。〈頭の体操〉シリーズのイラストや、ジョルジュ・シムノンの〈メグレ警視〉シリーズ、早川書房版エドモンド・ハミルトン〈キャプテン・フューチャー〉シリーズのカバーイラストのほか、紀行文やエッセイを手掛ける文筆家としても活躍し、趣味が高じた鉄道模型に関する著作も多い。主著書・『漫画文化の内幕』『鉄道模型を愉しむ』『フランス語がスキになる本』他多数。

小鷹信光　一九三六年高山市生まれ。作家、翻訳家、評論家。
　早稲田大学英文科卒。卒業後、医学書院の編集者として勤務しながら、翻訳家としても活動を開始。その後独立し、多くの海外ハードボイルド作品を日本に紹介、自ら翻訳している。また、テレビドラマ《探偵物語》の原案者としても知られる。二〇〇七年『私のハードボイルド』で日本推理作家協会賞受賞。主著書・『探偵物語』『サム・スペードに乾杯』他多数。主訳書・『赤い収穫』ハメット『郵便配達夫はいつも二度ベルを鳴らす』ケイン『酔いどれの誇り』クラムリー、他多数。

松本零士　一九三八年久留米市生まれ。漫画家。宝塚造形芸術大学教授。京都産業大学客員教授。
小学生のころから漫画を書き始め、高校一年の一九五四年、〈漫画少年〉に「蜜蜂の冒険」が掲載されデビュー。少年時代からSF小説を愛読して育ち、SF漫画を好んで描く。七二年『男おいどん』で講談社出版文化賞受賞。七四年から放送されたテレビアニメ《宇宙戦艦ヤマト》には企画の段階から参加、大ヒット作となる。『銀河鉄道999』『宇宙海賊キャプテンハーロック』など次々にアニメ化された。主著書・『セクサロイド』『ガンフロンティア』『聖凡人伝』他多数。

石原藤夫　一九三三年東京生まれ。作家、書誌研究家。日本SF作家クラブ会員。
早稲田大学理工学部卒。工学博士。日本電信電話公社研究所勤務時代にSF同人誌〈宇宙塵〉掲載の「高速道路」が〈SFマガジン〉に「ハイウェイ惑星」と改題されデビュー。日本では数少ない理工的知識に裏打ちされたハードSFの書き手として知られる。NTT研究所をへて玉川大学教授。定年後は執筆活動とマイクロ波研究に専念。一九九一年『SF図書解説総目録』等の業績により日本SF大賞特別賞を受賞。主著書・『宇宙船オロモルフ号の冒険』『SF相対論入門』他多数。

松谷健二　一九二八年東京生まれ。一九九八年没。ドイツ文学研究家、翻訳家、作家。
東北大学文学部ドイツ文学科卒。山形大学人文学部教授としてドイツ語を教えるかたわら、数多くの翻訳を手掛ける。特にハヤカワ文庫で一九七一年より刊行されている〈宇宙英雄ペリー・ローダン〉シリーズは、第一巻より一人で翻訳しつづけ、死去するまでの二七年間に二百三十四冊を翻訳した。また〈ローダン〉以外にも八十冊近い訳書がある。主著書・『逆層』『旅する石工の伝説』他多数。主訳書・『ちがった空』ライアル『Uボート』ブーフハイム、他多数。

谷川俊太郎　一九三一年東京生まれ。詩人、絵本作家、翻訳家、作詞家。

東京都立豊多摩高校卒。現代感覚にあふれたモダンな発想の詩を得意とする詩人で、ＳＦ的な詩集『二十億光年の孤独』がある。わかりやすい言葉で日常を新鮮な視点で切り取るため、小中学校の教科書に採用される詩も多い。一九六二年「月火水木金土日のうた」でレコード大賞作詞賞受賞。七五年『マザー・グースのうた』で日本翻訳文化賞受賞。詩集・『愛について』他多数、絵本・『けんはへっちゃら』他多数、訳書・『A PENUTS BOOK featuring SNOOPY』シュルツ、他多数。

団　精二　一九四七年東京生まれ。作家、翻訳家、幻想文学研究家。日本ＳＦ作家クラブ会員。

荒俣宏の初期のペンネーム。〝ロード・ダンセイニ〟のもじり。慶應大学法学部卒。大学時代よりヒロイック・ファンタジイの紹介、翻訳を行なう。日露漁業退社後は、小説、幻想文学、博物学、神秘学など幅広い執筆活動を展開。奇観書をはじめ膨大な量の古書・図像の蒐集家としても知られる。一九八二年『世界大博物図鑑　第二巻魚類』でサントリー学芸賞を、八七年『帝都物語』で日本ＳＦ大賞を受賞。主著書・『別世界通信』他多数。主訳書・『征服王コナン』ハワード、他多数。

野田昌宏　本名・宏一郎。一九三三年福岡県生まれ。作家、翻訳家。日本ＳＦ作家クラブ会員。

学習院大学政治経済学部卒。テレビプロデューサーとして《ひらけ！　ポンキッキ》などの番組を手掛けるかたわら、数多くの海外のスペース・オペラを日本に紹介、翻訳する。世界有数のパルプマガジンの蒐集家。一九七六年「ぬれた洞窟壁画の謎」チャンドラーで星雲賞海外短篇部門を、「レモンパイお屋敷横町ゼロ番地」で同日本短篇部門を、八九年『スペース・オペラの書き方』、九四年『やさしい宇宙開発入門』、九五年『愛《いと》しのワンダーランド』で同ノンフィクション部門を受賞。九五年『「科學小説」神髄』で日本ＳＦ大賞特別賞受賞。主著書・『銀河乞食軍団』他多数。

伊藤典夫　一九四二年静岡県生まれ。翻訳家。日本SF作家クラブ会員。
　早稲田大学第一文学部中退。学生時代より海外の新しいSFの紹介、翻訳を行なう。特に、一九六〇年代から七〇年代にかけて〈SFマガジン〉誌上に連載した〈SFスキャナー〉において、多くの海外SF作品を紹介し、その後の日本SF界に大きな影響を与えた。八三年、その翻訳の業績が評価されカレル賞を受賞。主訳書・『2001年宇宙の旅』クラーク『スローターハウス5』ヴォネガット『地球の長い午後』オールディス『ノヴァ』ディレイニー、他多数。

榊原晃三　一九三〇年名古屋生まれ。一九九六年没。フランス文学研究家、翻訳家。
　早稲田大学大学院仏文修士課程修了。法政大学、共立女子短期大学で教鞭をとるかたわら、デュマの『王妃マルゴ』といったフランス文学をはじめとして、モーリス・ルブランの〈怪盗ルパン〉シリーズやジョルジュ・シムノンの〈メグレ警視〉シリーズといったミステリ、グリバリの『ピポ王子』などのファンタジイ、『フランダースの犬』などの児童書まで、非常に数多くまた幅広い翻訳を行なう。主訳書・『二十世紀のパリ』ヴェルヌ『リュシエンヌに薔薇を』トポール、他多数。

三輪秀彦　一九三〇年名古屋生まれ。フランス文学研究家、翻訳家。
　東京大学文学部仏文科卒。国学院大学文学部専任講師、明治大学教授を歴任。『死の宣告』ブランショ、『見知らぬ男の肖像』サロート、『ジブラルタルの水夫』デュラスといった先鋭的な現代フランス文学を翻訳すると同時に、シムノンの『雪は汚れていた』などのミステリや、ルルーの『オペラ座の怪人』やヴェルヌの『動く人工島』といったエンターテインメント作品も数多く翻訳する。主訳書・『マーフィ』ベケット『第五の騎手』ラピエール&コリンズ、他多数。

金森誠也　一九二七年東京生まれ。ドイツ文学研究家、翻訳家。東京大学文学部独文科卒。日本放送協会（NHK）勤務後、広島大学教授、静岡大学教授、日本大学教授を歴任。専門はドイツ文学、ドイツ思想。哲学者ショーペンハウアーの全集やフロイト『性愛と自我』を翻訳する一方で、『地球人はUFOでやってきた』『甦るアトランティス』などの著作や、『人類を創った神々』デニケンといった訳書もある。主著書・『真実のアドルフ・ヒトラー』他多数。主訳書・『孤独と人生』ショーペンハウアー、他多数。

吉上昭三　一九二八年大阪生まれ。一九九六年没。ポーランド・ロシア文学研究家、翻訳家。早稲田大学文学部露文科卒。東京大学教授。ポーランド文化研究誌〈ポロニカ〉主宰。日本におけるポーランド研究の草分け的な存在であり、またワルシャワ大学で二年間教鞭をとるほか、日本とポーランドとの文化交流に尽力した。『世界SF全集』ではエレンブルグの『トラストD・E』、ソ連東欧篇でレムの短篇「事故」の翻訳を担当。主著書・『標準ポーランド会話』他多数。主訳書・『星からの帰還』レム『クオ・ヴァディス』シェンキェヴィッチ、他多数。

飯田規和　一九二八年山梨生まれ。二〇〇四年没。ロシア文学研究家、翻訳家。東京外国語大学ロシア語科卒。東京外国語大学教授、県立新潟女子短期大学学長を歴任。日本になじみの薄かったソ連・東欧のSFの紹介、翻訳を積極的に行なう。『世界SF全集』ではレム、エフレーモフの巻をはじめ、ゴールの『クムビ』の翻訳を担当。九二年共著である『ロシア語辞典』で日本翻訳出版文化賞特別賞を受賞。主著書『ロシア語練習問題一〇〇〇題』主訳書・『ソラリスの陽のもとに』『砂漠の惑星』レム『ソ連大使の日本ノート』フェドレンコ、他多数。

深見　弾　一九三六年岐阜生まれ。一九九二年没。ソビエト・東欧SF研究家、翻訳家。日本SF作家クラブ会員。
早稲田大学露文科卒。モスクワ大学に短期間留学。〈SFマガジン〉誌上などをつうじて、ストルガツキー兄弟やレムをはじめとするソ連・東欧圏のSFを数多く紹介、翻訳した。またレーニン図書館に毎月欠かさず日本のSF小説を寄贈するなど、日本のSFをソ連・東欧圏に紹介し続けていた。一九九〇年、その翻訳の業績によりカレル賞受賞。主訳書『捜査』レム『収容所惑星』ストルガツキー兄弟『銀河の破壊者』スニェーゴフ『東欧SF傑作集』カリンティ他、他多数。

石川喬司　一九三〇年愛媛県生まれ。作家、評論家。日本SF作家クラブ会員。
東京大学仏文科卒。毎日新聞社で記者として活躍するかたわら、ミステリとSF評論の第一人者として活躍。また評論のほか数多くのショートショート、SF、ミステリの短篇を書いて、わが国SFの異色作家の一人に数えられる。日本SF作家クラブの創設時からの会員であり、『世界SF全集』の企画メンバーの一人でもある。出版局編集次長をへて一九七一年毎日新聞社を退社。七八年『SFの時代』で日本推理作家協会賞を受賞。主著書『魔法つかいの夏』『極楽の鬼』他多数。

21世紀の文学
『世界SF全集』
作品リスト

The complete list of the Selected World Science Fiction Series

刊行No.	刊行年月	収録作家	収録作品／編者	訳者	解説者	月報執筆者	全集No.
1	一九六八年十月	ハックスリイ オーウェル	すばらしい新世界 一九八四年	松村達雄 新庄哲夫	松村達雄 新庄哲夫	荒　正人 星　新一 伊藤典夫	10
2	十一月	レム	砂漠の惑星 ソラリスの陽のもとに	飯田規和 飯田規和	飯田規和	吉上昭三 小松左京 伊藤典夫	23
3	十二月	ヴォクト	スラン 宇宙船ビーグル号	浅倉久志 浅倉久志	浅倉久志	都筑道夫 筒井康隆 伊藤典夫	17
4	一九六九年一月	ウインダム	トリフィドの日 地衣騒動	峯岸　久 峯岸　久	峯岸　久	浅倉久志 光瀬　龍 伊藤典夫	19

5	二月	スタージョン ブラウン	夢みる宝石 雷鳴と薔薇《ばら》 火星人ゴーホーム みみず天使	永井　淳 小笠原豊樹 稲葉明雄 南山　宏	永井　淳 稲葉明雄	中原弓彦 福島正実 伊藤典夫	16
6	三月	オールディス バラード	グレイベアド 結晶世界	深町真理子 峯岸　久	伊藤典夫	浅倉久志 石川喬司 伊藤典夫	26
7	四月	日本のSF 現代篇	石川喬司・福島正実編		福島正実	中田耕治 矢野　徹 石川喬司	35
8	五月	ワイリー ライト	闘士 時を克えて	矢野　徹 川村哲郎	伊藤典夫 野田宏一郎	福島正実 河野典生 伊藤典夫	5

刊行No.	刊行年月	収録作家	収録作品／編者	訳者	解説者	月報執筆者	全集No.
9	一九六九年 六月	ベリャーエフ	ドウエル教授の首 無への跳躍	袋　一平 袋　一平	袋　一平	飯田規和 眉村　卓 福島正実	8
10	七月	星　新一	作品一〇〇		石川喬司	福島正実 都筑道夫 真鍋　博	28
11	八月	エフレーモフ	星の船 アンドロメダ星雲	飯田規和 飯田規和	飯田規和	袋　一平 生島治郎 福島正実	22
12	九月	世界のＳＦ 現代篇	福島正実・伊藤典夫編	福島正実 伊藤典夫 南山宏・他	福島正実 伊藤典夫	稲葉明雄 野田昌宏 山野浩一	32

13	十月	クラーク	幼年期の終り 海底牧場	福島正実 高橋泰邦	福島正実	奥野健男 小尾信弥 伊藤典夫	15
14	十一月	ハミルトン ラインスター	時果つるところ オペレーション外宇宙	南山　宏 野田昌宏	南山　宏 野田昌宏	小原秀雄 浅倉久志 福島正実	11
15	十二月	アシモフ	宇宙気流 鋼鉄都市	平井イサク 福島正実	福島正実	柴野拓美 石原藤夫 福田　淳	14
16	一九七〇年 一月	ヴェルヌ	地底旅行 海底二万リーグ	村上啓夫 村上啓夫	三輪秀彦	野田昌宏 伊東守男 福島正実	1

刊行No.	刊行年月	収録作家	収録作品	訳者	解説者	月報執筆者	全集No.
17	一九七〇年二月	シマック ブリッシュ	都市 地球人よ、故郷に還れ	林克己・他 砧 一郎	福島正実 伊藤典夫	中原佑介 佐野 洋 テディ片岡	20
18	三月	ウエルズ	タイム・マシン 透明人間 宇宙戦争	宇野利泰 多田雄二 宇野利泰	福島正実	小倉多加志 野田昌宏 深町真理子	2
19	四月	ステープルドン リュイス	シリウス 沈黙の惑星より	中村能三 中村能三	福島正実 伊藤典夫	権田萬治 三輪秀彦 小野耕世	6
20	五月	ブラッドベリ	火星年代記 華氏四五一度	小笠原豊樹 宇野利泰	福島正実	三木 卓 矢野浩三郎 伊藤典夫	13

21	六月	小松左京	継ぐのは誰か？ 果しなき流れの果に		石川喬司	星　新一 加藤秀俊 手塚治虫	29
22	七月	ベスター ディック	虎よ、虎よ！ 宇宙の眼	中田耕治 中田耕治	伊藤典夫 福島正実	谷川俊太郎 浅倉久志 小鷹信光	18
23	八月	ドイル	ロスト・ワールド 毒ガス帯 マラコット海淵 物質分解機／地球の叫び	加島祥造 永井　淳 斎藤伯好 永井　淳	福島正実	中島河太郎 峯岸　久 石上三登志	3
24	九月	スミス	銀河パトロール 宇宙のスカイラーク	井上一夫 川口正吉	野田昌宏	水野良太郎 日下武史 福島正実	7

刊行No.	刊行年月	収録作家	収録作品／編者	訳者	解説者	月報執筆者	全集No.
25	一九七〇年十月	エレンブルグ チャペック	トラストD・E 山椒魚戦争	吉上昭三 栗栖　継	吉上昭三 栗栖　継	いいだ・もも 石原藤夫 深見　弾	9
26	十一月	ゴール グロモワ ストルガツキー兄弟	クムビ 自己との決闘 神様はつらい	飯田規和 草柳種雄 太田多耕	飯田規和	双葉十三郎 豊田有恒 種村季弘	24
27	十二月	筒井康隆 眉村　卓 光瀬　龍	48億の妄想 幻影の構成 たそがれに還る		石川喬司	平岡正明 藤本義一 尾崎秀樹	30
28	一九七一年一月	ハインライン	人形つかい 夏への扉	福島正実 福島正実	福島正実	矢野　徹 平井和正 伊藤典夫	12

29	二月	バルジャベル フリック フランケ	荒廃 パーティナ 思考の網	竹田　宏 松谷健二 松谷健二	伊東守男 松谷健二	榊原晃三 金森誠也 大伴昌司	25
30	三月	ポール／コーンブルース アンダースン ファーマー	宇宙商人 タイム・パトロール 恋人たち	加島祥造 深町真理子 伊藤典夫	浅倉久志 福島正実 伊藤典夫	岡　俊雄 久野四郎 森　優	21
31	四月	日本のＳＦ 古典篇	石川喬司編		石川喬司	虫明亜呂無 半村　良 斎藤守弘	34
32	五月	安部公房	第四間氷期 人間そっくり 他11篇		奥野健男	日下実男 高野斗志美 石森章太郎	27

刊行No.	刊行年月	収録作家	収録作品／編者	訳者	解説者	月報執筆者	全集No.
33	一九七一年六月	世界のSF ソ連東欧篇	飯田規和編	飯田規和 袋　一平 吉上昭三・他	飯田規和	川端香男里 金森　達 須永朝彦	33
34	七月	世界のSF 古典篇	福島正実・野田昌宏・伊藤典夫編	福島正実 野田昌宏 伊藤典夫・他	福島正実	塚本邦雄 中島靖侃 荒巻義雄	31
35	八月	ガーンズバック テイン	ラルフ一二四C四一＋ ミュンヒハウゼン男爵の科学的冒険 鉄の星	中上　守 小隅　黎 中村能三	野田昌宏	松谷健二 団　精二 松本零士	4

日本《にほん》ＳＦ・幼年期《ようねんき》の終《おわ》り
—『世界ＳＦ全集』月報より—

2007年8月20日　初版印刷
2007年8月25日　初版発行

編　者　早川書房編集部
発行者　早川　浩
発行所　株式会社　早川書房
郵便番号　101 - 0046
東京都千代田区神田多町2 - 2
電話　03 - 3252 - 3111（大代表）
振替　00160 - 3 - 47799
http://www.hayakawa-online.co.jp
印刷所　精文堂印刷株式会社
製本所　大口製本印刷株式会社
定価はカバーに表示してあります

ISBN978-4-15-208847-5　C0095
乱丁・落丁本は小社制作部宛お送り下さい。
送料小社負担にてお取りかえいたします。